U0094299

风中结缘

论小说六家

金理／著

上海文艺出版社

目　录

风雨如晦,澄江静如练：叶弥论

读者和一位作家的书相伴成长，真是有趣而又可遇不可求的事情。初读的时候喜不自禁，感觉收获良多；等到自己年纪长了，人生阅历丰富了，再去读这位作家，还是读得津津有味，书中的阐释空间似乎陪伴着你在延展、充沛……这是奇妙的机缘。

很幸运，这些年，我一直在读叶弥。

◇　与"弟弟"重逢　◇

《成长如蜕》（1997）[1] 安设了两条线索：一方面

1　本文中括号内标明的年份，一般是指该作品的发表时间。

是"弟弟"和周围环境的对抗、冲突；另一方面是众人合力的一场围捕。这场战争绝非势均力敌，"弟弟"孤立无援，而围捕者人数众多，这些人以不同的面貌、态度出现：父亲代表家庭中专横的君王，与"弟弟"构成激烈冲突；叙事者"我"／姐姐，是"弟弟"身边一个理性的观察者，出以和风细雨的说服；还有钟千媚，当年青梅竹马的邻家女、朝凶狠的男人头上掷玉米花的"天蓝色"小天使，后来变得"残酷而冷静"，变得"世俗而实际"；"弟弟"周围一帮狐朋狗友则是反衬，把臂走过共同的一段路，但朋友们早就"觉醒"，与"弟弟"分道扬镳……这些不同面貌、态度出现的人或群体，立场却惊人一致，他们代表着现实的铁律、统治着我们生活的逻辑法则和必然性，聚合成一股至高无上而又秩序井然的力量，从容不迫地拆解一个人青春期的热情、梦想、躁动和叛逆。正如李敬泽所言，这是一场无声的围捕，结局很"圆满"：弟弟"成长了，令人信服"。不同的猎杀者从不同的方向——家庭亲情、爱情、友谊等——张开弥天大网，将"弟弟"严严实实地捕获了。

"父与子"是经典的文学母题。但是在《成长如蜕》中，即便把父亲看作世俗生活、强权意志的代表，读者也肯定会发现，在父亲人生中的某一时刻，他也曾是"弟弟"。看见"弟弟""整天津津有味地做着一些无关紧要的事"，父亲不免想起自己做"看门老头"时那段"一生中最自在的日子"。然而此后父亲必须出面否定、干涉"弟弟"的悠闲，也许此刻父亲会想到小时候在暗夜中被自己的父亲一脚从楼梯上踢下来的经历，两相对比，自然产生一种恼怒：傻小子你根本不明白，你的悠闲是我作为父亲牺牲了自己、以自己的"粗糙"来换取的。父亲不惜站在污泥浊水中扛住"黑暗的闸门"，但岸上鞋不沾水，诗意而"悠闲"的"弟弟"总得从依附状态中走出来。这是父亲出面干涉的心理根源之一。考虑父与子形象的合一性，还不妨注意《成长如蜕》中这样几个细节：当众叛亲离之后，"弟弟"开始报复他的朋友，"愤愤然地在朋友面前炫耀起财富。他开着轿车撞来撞去，他一身的名牌，腕上戴着瑞士牌全金表。他上朋友家里去的时候带着贵重的礼物，总能让朋友的妻子想入非非而不满现状"，这样做的时候他"很舒服"。而小说叙述者在这个时刻提醒我们：父亲当年的大柳庄之行，所谓"布施"，也是一种报复，以伤害他人自尊心的方式来满足自己曾经失落的自尊心，当时"弟弟"非常不满，信誓旦旦告诉父亲："不，我决不会像你这样污辱他们。"还有，当"弟弟"最后受骗于钟千里而被拘留时，"他夜不能寐，通宵达旦地醒着。他想起了父亲曾经也是这样在监狱里坐着，通宵达旦，没有尊严"。对于父子两人来说，这一共同的被关押的处境仿佛是一个象征，遭受了一次对自己的信仰产生毁灭性打击的事件，父亲当年太看重和朋友的约定而吃亏，"从这件事过后，我父亲从不相信任何人的口头许诺"。弟弟也是，"弟弟彻底解脱了，他平静而豁达"。自此告别旧我，当他们重获自由之时，将不再按照以前的规则行事。"冥冥之手操纵着弟弟重复我父亲走过的路"，多么可怕的"冥冥之手"，让如此针锋相对的两代人被塑造成一个模样。

我们可以看到小说中这场围捕是如何一步步实施、经历大大小小的战役。最致命的打击、也是迫使"弟弟"向世俗投降的导火索，无疑来自钟千媚。"弟弟"和千媚青梅竹马的爱情被他涂上了一层罗曼蒂克的朦胧色彩而极为珍视，同时这份爱情也是对钟千媚之父钟老师（精神偶像）完美人格的一种崇拜式移情。这些都雨打风吹去。接下来是朋友的抛弃，在那帮狐朋狗友交流"生存经验"时，"弟弟"感到格格不入。然后是钟千里的欺骗与讹诈，这是最后一场战役，非常奇怪的战役。"弟弟"在进入这场骗局的时候已经不像以前那么"傻"了。此前"弟弟在工作上勤勉了许多，这令我父亲欣慰"，已经在父亲规划好的道路上前行了一段时间；而且当钟千里向他打电话时，"弟弟不置可否地扯开话题"，最后也没"全情投入"（千里狮子大开口"百万元"，但"弟弟"拿去了三万，留了后路）。也就是说，在这场骗局的一开始，"弟弟"已经约莫预知到了结局，他在对付、进入这场骗局的时候有一种前所未有的冷静和坦然。甚至可以这样认为："弟弟"此刻已经"分身"为"两个自我"：一个自我已经向这个现实世界投降了，但另一个自我还残存着一丝侥幸（"也许钟千里还能给我一些久违的友谊，姑且就尝试这最后一次吧"）。这场骗局，既可能是压死骆驼的最后一根稻草，也可能是一根救命的稻草。"弟弟"是抱着观望、最后一试的态度去赴会的。而且"弟弟"也知道这将成为一个转折点，我们可以揣摩"弟弟"此行的目的：对于在千里身上发现久违的友谊，"弟弟"其实也没抱多大指望；更重要的是，希望以这次行动来安排给自己一个仪式，所以临行前特意给阿福上坟，既是祭拜亡友，也是告别过去的自己，岂止是告别呢，简直是埋葬旧我。所以，"两个自我"的关系是：一个自我在作最后的抗战（有限度的抗战，毫无先前的自信，甚至战斗号角吹响的那一刻已经想见了溃败的结局，多么悲壮的抗战），另一个自我在赏鉴这幕"自杀"的仪式，看着以前的自己慢慢死去，给自己一块墓碑，一个理由——所有的人都没有办法再提供给"我"温暖、提供给"我"求证理想生存的依据与可能；能够提供的人又早已长眠地下。没有其他选择了……这个世界仿佛一个陀螺，必须不停转动才不致倒下，而转动就此成了本质，再不带有任何其他目的。而"弟弟"曾有过的信念是"让天下的人都幸福"。准确地说，已经没有人去在意什么是幸福，而只有成功者，或失败者。所谓"失败"实则就是无法适应那种不停的转动，而"弟弟"就是这样一个被不停转动的世界所碾碎的失败者。

"没有人心痛：/那改变明天的已为今天所改变"（穆旦：《裂纹》）……在这之后，"弟弟"顺应了时代，顺应了世俗生活，结束流浪，终于回到了父亲为他设计的人生道路，回到了人们所期望的"正常的"生活轨道。当然他还保留了阿福的照片（说句狠心的话，还好阿福短命），对于最后在商场上"要风得风要雨得雨"的"弟弟"来说，保留着一张阿福的照片到底意味着什么？就像小说中说得那样象征"他的内心还是保持着对美好人性的追求"，抑或是一种借口、抚慰，告诉自己原来也有过纯真年代，由此解脱掉商场中拼争时的心理负担，可以放手去搏？

被碾碎的岂止"弟弟"一个。如果只是为了荣华富贵，钟千媚为何不留在身为"富二代"的"弟弟"身边。但她宁愿远离"弟弟"在一个台商身上去实现功利的目的，甚至在离去前希望献身于"弟弟"。千媚心里何尝不存着分裂的自我：不愿意将纯洁的感情与功利的算计搅和在一起。"弟弟"永远保留着阿福的照片，而千媚何尝不在弟弟身上寄托了她最后一丝理想与眷念。

在"弟弟"被围剿的过程中，站在他反面的人物空前强大，而本应该提供援手的同盟其自身却千疮百孔——我是指"弟弟"的精神偶像钟老师。显然他并不是一个合格的"导师"，"弟弟"原来可以依赖的理想资源被抽空了。检讨发生在"弟弟"身上的悲剧，除开来自外部的强敌，这其中肯定有个人、主观的原因。"弟弟"性格的养成和童年记忆有深刻关联。在跟随全家一起下放农村的岁月里，他把大柳庄作为"心中的圣地"，完全不了解当时"完美的人际关系"往往是建立在极端贫穷之上的（这其中有着叶弥深切的体验与反思 [2]）。看待事物的时

2　"文革"时期叶弥随父母下乡，"很奇怪，我一方面经历着不安，眼睛里全是乡下穷人无奈的生活。但另一方面，在心灵最深的地方，往往只留着一些美好的东西。我想，这就是人对自身的本能的浇灌，这就是'人之初，性本善'吧。"见叶弥：《人心是世上最顽强的东西》，《长篇小说选刊》2006 年第 4 期。

候无法建立起完整的视野，而对自身已经固化的偏狭视野又缺乏自省的能力，这是"弟弟"的病根。后来他跑去西藏，又是要去寻找另一片圣地，回来之后，"谈起了西藏的所见所闻，他眉飞色舞，对西藏的风土人情，对西藏的粗犷质朴和对神灵的极度虔诚赞不绝口"，似乎得偿所愿，但有个细节透露出"弟弟"在西藏真实的困顿与潦倒，一次醉酒后躺倒在酒店角落的沙发上，"他醒来的一刹那间心怀恐惧，以为是睡在西藏的某个肮脏简陋的小旅馆里（不可与人言说的真实啊）"。更妙的是叶弥在括号中加的这句话——"不可与人言说的真实啊"——直指"弟弟"思维方式中的荒谬：心中有一个稳固的理想，这个理想是不能去触碰的，哪怕现实中有细节戳穿、揭开了理想中所充斥的谎言，也宁愿把这些真实细节放逐掉，以此掩饰、圆满那一虚妄的理想。总之，弟弟无法建立起一种正常的生活或工作状态，要么沉湎于幻想之中，此时他意气风发，因为心中有理想，但整个人亢奋得就好像腾云驾雾，根本无法降落到现实中；幻想一旦破灭就歇斯底里、放纵自己、醉酒甚至割腕……根本没有办法在理想和现实的结合点（个人的岗位）上展开有效的实践，姐姐老早就看穿了，"弟弟不是一个实践的人"。

话说回来，这类人物身上也自有可爱之处。"弟弟"最突出的特征是那种拒不认同的抗争，以及抗争所带来的焦虑感。"焦虑"是通过与现实处境持续的紧张对峙来艰难摸索一种自我确立的主体力量，这背后，是叶弥通过文学想象与世界发生关联时所承受的障碍，是"弟弟"/叶弥的心灵空间与外部现实在整合过程中留下的一道道磨蚀的痕迹。无论是在今天的文学还是在现实中，这种焦虑与障碍都已渐行渐远，整合过程已然完成、连摩擦的痕迹都不复存在。在一个"弟弟"被治愈后的年代里，我们看到"暂时坐稳了奴隶"后的自鸣得意，有时也有焦虑发生，那是在攘臂争先充当成功人士后备军的途中，时或遭遇的不平。而成功人士——比如《成长如蜕》中的父亲——恰恰是当年"弟弟"试图挑战的对象。

　　当下是一个盛行忧伤的年代，但是小清新式的忧伤和弟弟身上的焦虑，在根子上就天差地别。与前者一体同生的是自恋，"蜷缩在自身生存的内部，以私我的情感、原欲和利害为其全部世界，社会、历史和精神性被封闭在个体生存之外"[3]；有谁会像"弟弟"那样真诚而痛苦地去思索"让天下的人都幸福"。于是"忧伤"就粉墨登场，沉溺于淡淡的忧伤情绪中，正可以此作为拒绝担当的借口，同时换回虚伪的治愈。无须让生命悸动的痛感来校正自己，也无须在黑暗的长旅中左冲右突，这是一个"诸神

3　李静语，转引自曾于里：《忧伤的"伪治愈"》，《文学报》2012年11月15日。

归位"的时代，对于年轻人来说，在早已熟稔成人社会的铁则之后，选择哪条路已经不是问题，问题是在这条路上走多远、挤掉多少人、超过多少人。由此来丈量，当年"弟弟"支付的代价既惨重又愚蠢，可是没有了那场围捕所留下的血痕，所谓的"治愈"必然是轻飘的。今天年轻读者在遭遇"弟弟"时的惊愕可能正在于此，这是一个不被虚伪的治愈所消费的人物。

尤其站在今天回望，"弟弟"当年抵死顽抗的那股力量，现在已经无孔不入地充塞在社会任何一个角落，有时甚至荒唐到敲开你家的门，理直气壮地要求你出让心爱的那株桃树（《向一棵桃树致敬》，2007 年）……"弟弟"曾经像堂吉诃德冲向风车那般向着这股蛮横的力量说不，他不轻易让渡内心坚守的空间，在抚今追昔中"弟弟"当年的身影真是弥足珍贵、也让人心痛。

我把这一节的标题拟作"与'弟弟'重逢"，不仅是要在社会变迁的背景中以"回望"的视角来把握"弟弟"的独特性，同时也主张：这一独特性不妨置放到文学史的人物形象长廊中来考察。"在一定意义上可以说，现代文学的形象世界，主要是青年的世界"[4]，在这一形象世界中，以"弟弟"为主人公或主题意象，就构成一个绵延不辍的重要子类目。远的不说，在我有限的视野内，刘心武《醒来吧，弟弟》、叶弥《成长如蜕》、路内《阿弟，你慢慢跑》、黄咏梅《表弟》等已可构成值得探究的文学形象谱系。这一类形象之所以有意味，首先是"兄 / 姐—弟"人物关系结构的特殊。"兄长"或"姐姐"往往以颇有家庭气息的伦理姿态出场，从旁加以冷静观察或理性说服；又由于"兄 / 姐"毕竟不同于高高在上的家长，往往能更体贴"弟弟"的困境。比如在《醒来吧，弟弟》中，"哥哥"是虽经劫难但

4　赵园：《艰难的选择》第 220 页，上海文艺出版社 1986 年 9 月。

信念不变的知识分子，"弟弟"则是精神颓丧满腹牢骚的前红卫兵，小说讲述的是前者作为启蒙者一方如何在"文革"之后，对发生信仰危机的虚无者展开"治疗"。其次在这一人物关系结构中，"弟弟"往往是有待拯救的"问题个人"，有着极强的"可变性"，他们的"价值观和生活方式尚未牢固确立"，"精神在无边的荒野中摸索自由、困惑和犹豫"[5]，大多拨动人心弦。而这一拯救的过程和结果——不管是《醒来吧，弟弟》中敷衍的"治疗"（将青年自身意义、价值，与外在规定性、历史目的论简单挂靠），抑或《成长如蜕》中左冲右突而最终被制服——皆意味深长，深刻昭示出不同语境中人们的情感态度、思想观念如何与历史条件、时代主题互动。

5 村上春树将这类人物形象概括为"可变的存在"。见村上春树：《海边的卡夫卡》"中文版序言"，收入《海边的卡夫卡》，林少华译，上海译文出版社 2010 年 7 月。

大凡描述青春的小说都会采取"艺术小说"——"这是一种关于诗人和世界的故事,而其中的诗人永远敏感而正确,世界却总是迟钝而错误"[6]——的模式,《成长如蜕》不在此列。"弟弟"的思维和行事聚集着致命缺陷,一再犯错。就比如上文中提及那个逃亡去西藏的情节,对青年文化心理的弱点简直一击中的:总是憧憬一个远方的世界,在其间寄托乌托邦想象;当下的生活以及这个生活环境中的制度、道德习惯等一切,每每不如人意,自己置身的现实社会总是"异己"的;而激烈的自由意志所驱使的界外感("我不在丑恶的环境中")、抽身感("我与这个环境无关")、那种腾云驾雾的姿态,又使得其超越性的乌托邦理想根本无法在一个具体、日常、切身的工作与生活情境中安放、落

6 莱昂内尔·特里林:《约翰·多斯·帕索斯的美国》,《知性乃道德职责》第7页,严志军、张沫译,译林出版社2011年9月。

实。但这并不是说安分就好，超越性的向度就得闭塞。尤其这些品质、特性在今天正在日渐稀缺……

《明月寺》（2003）中一个细节，"我"到寺里"想求一支签，关于爱情的签"。薄师傅说："我像你这么大的时候，也像你这样喜欢泾渭分明。"这句话，简直就是叶弥对她的读者尤其是年轻读者说的。在《成长如蜕》里，根本无法用以往"泾渭分明"的态度来面对"弟弟"。说实话，我无法把"弟弟"作为一个研究对象，置身事外、平心静气地拉开一段距离来加以考察。我总在想，对待"弟弟"这个人物，如果我能够有"泾渭分明"的立场与勇气，站在哪一边都无所谓。比如，我就坚定地支持"弟弟"，"弟弟"一点没有错，举世皆浊你独清，你在捍卫人类最宝贵、在今天也最稀少的品质、价值。面对小说的结尾，我们就应该勇敢地指责：这看似劫后余生的大彻大悟其实掩盖着投降和妥协。反过来也可以，就认为"弟弟"是个傻瓜，世界在向右，凭什么你要向左，什么"与整个世界为敌"不过是年少轻狂罢了，像"弟弟"这样的人，就是市场经济发展必然的牺牲品，一再沉溺在幻想中不去、也不敢认清现实，并不值得同情。——如果能够坚定站在以上这两种立场的任何一边，读这部小说、面对"弟弟"这个人物的时候，都不会有那种心痛欲裂的感受。但由此我也明白，"弟弟"这个人物之所以复杂、拒绝简单的归类与判断，原因之一是：这个人物紧贴着时代与社会跳动的脉搏，用张新颖老师的话来说是"内在于时代"的。而我在面对这个人物时心绪的无法平静，恰恰因为我和小说人物的这种"拖泥带水"的关系，正是我自己和时代的关系。这部小说是如此诚恳，也逼迫着读者诚恳地去看清楚自己的面貌、自己和这个时代的关系。

《成长如蜕》的叙述者是作为姐姐的"我"，"我"不仅操控着小说走向，而且不时介入到"弟弟"的故事中，有时是和风细雨式的说服；有时潜入"弟弟"胸腔中剖出其隐秘心计，"他醒来的一刹那间心怀恐惧，以为是睡在西藏的某个肮脏简陋的小旅馆里（不可与人言说的真实啊）"；有时则冷眼旁观，"弟弟就是这样一步一步远离了现实世界而囿于他的丰富美丽的内心世界"；有时发出先行者沧桑阅尽后的感悟："真正的成熟使人抑制某种欲望，牺牲某种信念，换取目前的平衡，这才是一种清醒的取舍，含有人生真正的悲壮"……这样的操纵和介入，不仅是在展开"弟弟"的故事，也是在引导读者该当如何理解"弟弟"。不过且慢，"弟弟"的故事在很大程度上是由姐姐／"我"叙述出来的，这种叙述在多大程度上贴近"弟弟"生活的本来面貌，多大程度上能复原出"弟弟"成长的细节和隐痛？当"我"以老僧入定般的卒章显志——"人生有些事是不得不做的，于不得不做中勉强去做，是毁灭；于不得不做中做得很好，是勇敢"——来许诺给"弟弟"一个"结局很圆满",来替代"弟弟"劫后余生的大彻大悟之时,这番话真的能够取缔、收束"弟弟"此前"勉强去做"的意义吗?真的能够压服、平息一代又一代"弟弟们"驿动的心灵吗?我并不觉得叙述者"我"就等同于作者的代言人,《成长如蜕》最具有文学意味的阐释空间,在姐姐/"我"和"弟弟"之间,这个空间含混、犹豫、最难将息,找不到稳固的立场,又质疑任何给定的结论……

◇　骑着麦秸,夜晚飞行　◇

《成长如蜕》之后,"弟弟"这样"一根筋"式的人物在叶弥笔下并未绝迹。这些人物坚守着有悖常理的道德原则,甚至在被揭破、被伤害之后仍然抓住唯一的安慰,我们在后来《父亲与骗子》(2001)

中的"父亲"身上，又看到了这种品性，显然叶弥珍爱此类人物。在《司马的绳子》（2002）、《天鹅绒》（2002）这样的故事中，叶弥好走险棋，在为一般道德所不齿的、与日常伦理构成尖锐冲突的一刹那间，见证人性的纯粹。"世界能对任何思想进行分门别类的处理。但它不能替一种真正的新体验进行分类"[7]，我想，叶弥正在拒绝被分类的处境中，摸索一种真正的人性体验。这种独特的人性体验，也需要一种独特的文学形式来赋形。

叶弥笔下的人物，无论是在乡间小路上踽踽独行，或是穿梭在都市的街头巷尾，内心都充满痛苦、烦恼和挣扎，"对这个世界充满倦息"，在一团又一团的矛盾纠结中扑腾……这是我们经历过的历史，是我们正在面对的现实，当今天的作家要展现

7　D.H. 劳伦斯语，转引自莱昂内尔·特里林：《关于罗伯特·弗罗斯特的演讲》，《知性乃道德职责》第 379 页。

上述"沉重"的生活时，往往将叙述话语的性质迁就现实生活的经验，一意朝着实、满、峻急、沉重的方向落笔，甚至滞涩地举不起笔来。叶弥大概是个特例，借用批评家的发现，她找到了一种"以轻击重"的方式 [8]。无论是《现在》(1998)、《美哉少年》(2002)、《局部》(2011)这样以历史上惨不忍睹的灾难为背景，抑或《小女人》(2004)、《小男人》(2006)、《恨枇杷》(2006)这样直面个人日常生活中剪不断理还乱的苦恼——总之这些小说都可以铺陈出无边而让人窒息的苦难场景，但叶弥却总是让叙述充满轻盈、灵性、诗意，甚至不乏戏剧性、喜剧味道的天光乍现。就像卡尔维诺举证的希腊神话，珀尔修斯依靠"世界上最轻的物质——风和云"，来反抗美杜莎会把人变成坚硬石头的目光。

---

8 洪治纲：《轻逸的叙事与南方的智慧》，《百花洲》2003 年第 2 期。

"当我觉得人类的王国不可避免地要变得沉重时，我总想我是否应该像珀尔修斯那样飞向另一个世界。我不是说要逃避到幻想与非理性的世界中去，而是说我应该改变方法，从另一个角度去观察这个世界，以另外一种逻辑、另外一种认识与检验的方法去看待这个世界。"[9] 这样处理现实的、"另外一种"的方式到底为文学提供了什么？我注意到《恨枇杷》中这样一个细节：梅洛水，所在工厂车间全体下岗，丈夫不知所踪，那天应约去市政府大门口静坐，一无所获，拖着疲惫不堪的身躯赶回去"履行家庭主妇的职责"……在路上她进了超市，看到鲜花，"想也不想就买了一捧玫瑰花"，不消说，这捧鲜花"对她这个年龄的中国女人，对她这样生活拮据的下岗人员，是不合适的"。

9　卡尔维诺：《美国讲稿》,《卡尔维诺文集》（第5卷）第319、322页，萧天佑译，译林出版社2001年9月。

我们对于下岗女工有一个想象，她们的生活必然如夜一般的黑暗；同时，我们对女性文学也有一种想象，无论是张牙舞爪型还是温婉体贴型，总之更多地伸向内心隐秘。曾经有评论家质问，为什么铺天盖地的女性写作中，就没有以下岗女工为对象的？我想更重要的原因是，上面那两种想象间横亘着的裂缝，仿佛就是现实生计问题与缥缈的心灵隐秘之间的无法调和，就是梅洛水和"一捧玫瑰花"之间的无法调和。在无法调和的共识规训下，文学就被规约成对艰辛生活的浓墨重彩而无法伸展到她们的精神处境[10]。

下岗女工和"一捧玫瑰花"之间的无法调和，让我想起当年路翎的自我辩护：劳动者的"内心里

---

10 值得留意的是，有批评家曾指出叶弥笔下的"反女性意识"，见林舟、齐红：《叶弥小说简论》，《钟山》2002 年第 3 期。

面是有着各种的知识语言"[11]。叶弥与路翎的小说自然有绝大不同，后者的文体热情奔放，人物喜作长篇大论，泥沙俱下中凸显着青年人的艰于呼吸与反抗急迫，这些都和叶弥式的轻逸叙事迥然有别。但是我觉得这两位小说家在精神追求上有着难能可贵的一致：他们在情节上并不苦心经营，孜孜以求的是人物内心世界；这个内心世界往往模糊不定、无法预测，其间正孕育着向生活突击的各种路径；因为这些多样的路径长期不被人重视，也就是说，与我们对此类人物惯常行为和思维习惯的"共识"大相径庭，所以小说中的这些人物总是显得痴狂或迂傻——凤毛（《小女人》）身上"无穷而盲目的活力"[12] 就让我想起路翎《财主底儿女们》中一些人物

11　路翎：《我与胡风》，《胡风路翎文学书简》第 6、7 页，安徽文艺出版社 1994 年 5 月。

12　林舟：《招魂的写作——对叶弥近年小说的一种读解》，《当代作家评论》2008 年第 3 期。

的挣扎身影；但是，也只有打开"正常标准的共识"，我们才能发现底下精神世界的波澜汹涌，发现人物鲜活的自我意识和独特的生活逻辑。在这样的过程中，他们"重新发掘了那些受压抑的心理状况，而这些受压抑的心理状况以真实的面目出现反抗了理性历史观企图强加在人类心理上的整体性、连贯性和和谐性"[13]。

路翎和叶弥最想提醒读者的就在这里：必须"从生活本身的泥海似的广袤和铁蒺藜似的错综里面展示了人生诸相"[14]，而生活世界根本不是"自然

13　舒允中：《不同形式的精神介入：路翎的短篇小说》，《内线号手：七月派的战时文学活动》第 125 页，上海三联书店 2010 年 12 月。曾有研究者在将叶弥纳入文学史谱系时，提到了残雪，这是有道理的。不过这两位作家之间有一个重大区别：残雪擅长以幻想怪诞的手法来营造一个反常情境（"山上的小屋"），但是叶弥从来就执着于日常生活，她勘探的是日常生活现实下人受压抑的心理状况。这一点和路翎一致。

14　胡风：《一个女人和一个世界——序〈饥饿的郭素娥〉》，《胡风全集》（3）第 99 页，湖北人民出版社 1999 年 1 月。

的"、不言自明的。重要的并不是由确定无疑的客观特征所构成的稳固的人物面貌，而是笔下人物的意识和自我意识；重要的也不仅在于描绘缠夹曲折的现实生活，而是突破身份、惯习以及任何僵硬体系辖制，描绘生活表层下，发生在自我内部永无休止的搏斗，尤其是这种搏斗中"活的意欲"[15]的轨迹。在《恨枇杷》中，"活的意欲"被一捧玫瑰花所照亮，叶弥撬开了滞重的现实与身份外壳，她展现一个下岗女工心念萌动的那一刹那，即便在生活之重的围困中，这个失意者的心灵并不枯竭，依然活跃，充满着各种复杂的流向，而任何一种流向，都代表着绝望中打开生活可能性的一种尝试。有了前面这么多细腻、幽微而绵长的铺垫，小说结尾那一

15　胡风曾这样描述路翎创作的意义："在路翎君这里，新文学里面原已存在了的某些人物得到了不同的面貌，而现实人生早已向新文学要求分配座位的另一些人物，终于带着活的意欲登场了。"胡风：《一个女人和一个世界——序〈饥饿的郭素娥〉》，《胡风全集》(3) 第100页。

幕才惊心动魄而又不显得半点突兀——梅洛水，这个随波逐流、眼看就要被生活的困厄与烦恼浸没头顶的女子，竟然会昂着头，一脸凛然，"以从来没有过的坚强"告诉何应龙：把那张卑鄙的纸条撕掉！叶弥从容不迫地走笔至此，轻逸叙事就在这一瞬间，泼洒出一个柔弱女子"拔地而起"的力量与意志。这是"轻"与"重"的辩证法。

还是卡尔维诺的话："在距离我们更近的时代和文明中，农村妇女承受着更加沉重的生活负担，那里便有女巫骑在扫帚上或骑在更轻的麦秸、麦穗上夜晚出来飞行。"[16] 想起梅洛水走进超市给自己买"一捧玫瑰花"，我就会想起上面这个意象：骑着麦秸，夜晚飞行……

顺便说一句，在叶弥的小说世界里，"花"是一个经常出现的意象。《郎情妾意》（2005）中，王

16　卡尔维诺：《美国讲稿》，《卡尔维诺文集》（第 5 卷）第 343 页。

龙官在街边摆修车摊，工具箱里充塞各种零部件，你能想象出那种油污杂乱，"引人注目的是箱子上放着一盆石榴花盆景"。《向一棵桃树致敬》（2007）里，海五顽固地守着那株桃树，"开花让自己看"。还有更顽固的，道士钟文清从小到大只爱观里的一株红梅，"天天要去看它，时时和它说话。浇水除草不必说的，还把它当瓷器一样擦拭"（《玄妙》，2007）。也正是在苏递给"我"一支野菊花——"微微沾上些露水，显得润而深厚"——之后，"我"恐惧的心态才"轻松畅快"（《香炉山》，2010）……茅盾的《子夜》中，吴荪甫太太林佩瑶在一本《少年维特之烦恼》中夹着过去恋人留下的一朵小白花。普实克据此细节将现实主义的经典之作认作浪漫主义之声[17]。陈晓明先生近来对"关于花的谱系建构的

17　参见普实克：《普实克中国现代文学论文集》第5页，李燕乔等译，湖南文艺出版社1987年8月。

中国现代浪漫主义传统"有所论列，"花"这一重要意象在小说中的出现，暗示着向浪漫主义传统的致敬，而"表现人的精神困境，表现人的内心世界的复杂性和独特性"[18]是浪漫主义传统最基本的面向。

由"花"转入"心"。叶弥笔下的人物，往往有强大的内心空间，一类是在风雨如晦的年代里坚守自己的价值原则，另一类是一度在漩涡里起伏挣扎而最终择定了人生流向。前一类比如"弟弟"、钟文清。其间还有区别："弟弟"与周围环境构成紧张对峙，对峙中隐隐渗出的血迹彰显出自我坚守的不易。而钟文清却是另一种云淡风轻，他活在自己的原则和信仰里，这些原则、信仰早已如血脉流贯四肢，"手之所触，肩之所倚，足之所履，膝之所踦，砉然响然"，"莫不中音"，无需在日常生活中

18　参见陈晓明：《世界性、浪漫主义与中国小说的道路》，《文艺争鸣》2010 年 12 月号。

特为标举。自然，那是一个天翻地坼的年代，"现在的人什么都不怕了"，钟文清的道观也早已"灰尘扑面，庭院里落叶满地"，钟文清就像狂风肆虐中的落叶，岂能自主，于是一度被押送到精神病院。然而，他的脸上"居然有着轻松的微笑"，越是安然沉稳、不为所动，那看似霸道的强制力量就越显得色厉内荏，而原本卑微、被动的钟文清则越发禀有高贵的尊严。这是人之为人的尊严：诚然"无往而不在枷锁中"，但是再怎么困难的境遇里，人还是可以选择的；而这样的选择，决定我们成为什么样的人。再说后一类，那些百转千回的弱女子突然择定了自己的人生流向，除了上文提到的梅洛水外，还有《蔡东的狩猎》（2009）中的小梅。小梅是权力阶层的"花瓶"，我们不难想见此类人物必定忍气吞声、每日里赔着笑脸。但是在小说的末尾，小梅却以"很轻，但是十分坚硬"的声音告诉蔡东："我的体面都是你给的，今天都还给你。"这一刻的"拔地而起"也有千钧之力。叶弥要"纵容"手中的笔来谱写这一刻重获自我的爆发：她将小梅设计为曾经的"游泳馆救生员"，所以当说完上面这番话后，小梅"站起来，一把扯掉了潮湿的衬衫，在众人还没有反应过来的时候"，"箭一样插进了湖水里，在众人的惊叫声里奋力向湖对岸游去"。叶弥还竟然用了"健壮"这样的形容词，"这天夜里，健壮的小梅，在下弦清亮的光芒里游到了湖对岸，花了两个小时。走出湖水，浑身滴着水珠，就像一株被大雨淋过的花树"，到家后，"她做的第一件事"就是给心爱的人打了一个电话，说："成了。我自由了！"——这一句的收束也真是干脆，绝无半点拖泥带水，就仿佛小梅此刻的心境。但这收束之前，叶弥做足了功夫：小梅用两个小时游到对岸，这一次水中的跋涉，如洗尽铅华的仪式，此后滴着水珠凌然而起，仿佛"一株被大雨淋过的花树"（又是"花"！），你能想见这株花树的挺拔……

小说读到这里，我就想起唐人的名句"曲终人不见，江上数峰青"，早就有学者探究过句中"完美的意象"，"河流象征着变化，俯瞰着流水的山峰庄严地静卧着，用不变的眼俯视着万物"[19]。小梅这段奔向"新我"的情节中，"湖水"安排了洗礼的仪式，也象征着人生的千变万化，偶然与必然诡谲地交织，酝酿出无尽机运；而那株凌然而起的"花树"，有如抽刀断水的千钧之力，其间的果决、快意与不屈不挠，让人动容……"湖水"的流转不已与"花树"的壁立千仞，也正是叶弥叙事中"轻""重"辩证法的又一次显现。

黑格尔曾经讨论过人的意义正在于"有限"和"无限"的辩证统一："人格的要义在于，我作为这个人，在一切方面（在内部任性、冲动和情欲方

19　吴兴华：《现代西方批评方法在中国诗学研究中的运用》，《中国现代文学研究丛刊》2013 年第 3 期。

面，以及在直接外部的定在方面）都完全是被规定了的和有限的"；但是，人的意义并不只在上述"人格"的向度上被穷尽，"人实质上不同于主体，因为主体只是人格的可能性，所有的生物一般说来都是主体。……人既是高贵的东西同时又是完全低微的东西。他包含着无限的东西和完全有限的东西的统一、一定界限和完全无界限的统一。人的高贵处就在于能保持这种矛盾，而这种矛盾是任何自然东西在自身中所没有的也不是它所能忍受的。"[20] 人之为人，在于其拥有一种能够从一切肉身性、社会现实规定性中抽象出来和超越出来的可能，这是人的"无限性"，"人的高贵处"。当梅洛水感悟着玫瑰花的芬芳时，当小梅纵身跃入湖水时，她们都骑上了麦秸，飞向的正是人的"无限性"……

20　黑格尔:《法哲学原理》第 45、46 页，范扬、张企泰译，商务印书馆 1961 年 6 月。

◇　文学的"减法"　◇

　　莱昂内尔·特里林在讨论华兹华斯的时候曾参
引艾略特剧作《鸡尾酒会》中一段对平凡生活的人
们的描述：

　　　学会避免过多的希冀，

　　　对自己和他人更加宽容，

　　　付出与索取已成习惯

　　　一切都很自然。他们没有抱怨；

　　　满足于清晨的离散

　　　和夜晚的团聚

　　　壁炉前的随意交谈

　　　但交谈者却深知彼此无法理解，

　　　亦无法理解自己诞下的子女

子女同样也不知晓自己的父母。

特里林赞同这样的说法："现代人思想中的弱点"之一是"感觉过敏状态：它觉得，除了极端的思想外，其他任何思想都不允许存在：所有的思想都必须直接体现下列概念——集中营、疏离、疯狂、地狱、历史，以及上帝；每一个词语也都必须具有怒气和爆发力，表现出我们因为身处窘境而产生的神奇力量"。在"感觉过敏状态"居于文学表现的主导地位之后，"现代文学就普遍会忽视普通例行的生活的现实性"[21]。在上引剧作选段中，"普通例行的生活"中人们因为"彼此无法理解"而呈现的"空白"触目惊心（连"子女同样也不知晓自己的父母"，怪不得"我们当中很少有人会对普通例行的

21　莱昂内尔·特里林：《华兹华斯与拉比》，《知性乃道德职责》第189、197、198页。

生活表示多少好感"），然而特里林却赋予这一"空白时刻"以"谦卑的心灵""真实的存在感"及"幸福的可能性"等庄严意义。我想由此引申的问题是："空白"何以是由"谦卑"的态度所导源？它表达了何种"存在感"？

自然，文学来源于对"空白"的涂抹，这背后是对于世界的好奇心与探访兴趣。正如美国作家凯瑟琳·安·波特说，"各种文明教育的唯一后果"是引发"我们对客观现实，对存在的本质以及对我们周围的那些既与我们极其相似又那样玄妙叵测地有别于我们的人，抱着越来越敏感的高度警觉"，"用那样的注意力，那样的好奇心，那样的思索癖好来观察其他人"[22]。人们往往要求小说去揭秘喧嚣遮蔽下现实的皮肉筋骨、去勘测真相的方方面面、去

<hr />

22　凯瑟琳·安·波特：《〈中午酒〉的源流》，布鲁克斯、沃伦：《小说鉴赏》第 454 页，主万等译，世界图书出版公司 2006 年 12 月。

"穿透""把握"人物的心灵角落……这个时候，需要文学做"加法"，而叶弥却说："小说之道在于用减法而不是加法。这句话是老生常谈，但说的人多，听的人多，惜乎做的人少。大家都在热热闹闹地做加法……"[23] "加法"是自信的，有时甚至伴随着"一览众山小"的狂妄幻觉，以为可以洞烛人性的幽微，可以条分缕析地解开生活中的因果逻辑。文学的"减法"是谦卑的，姜文导演将《天鹅绒》改编为电影《太阳照常升起》，他确实懂得叶弥小说的好："叶弥的原著《天鹅绒》给了我很大震撼，它棒在哪儿？棒就棒在它把生活的本质赫然推到你眼前，什么来龙去脉都不存在，所有的解释都是人们在极度不安的状态下强加进去的，但生活其实往往没有绝对的理由。所谓的来龙去脉已经麻痹了很多人，我不敢在这方面再耽误大家的时间了，我只想

23　叶弥:《小说加减法》,《文艺报》2003 年 1 月 10 日。

表达对未被格式化的东西的深刻缅怀。"[24]

正是在这篇名为《小说加减法》的创作谈中，叶弥提及："有一次，一个人问我，最可怕的一个词是什么？我说是'现代'一词。"这就说到根子上了。理性不知节制的延伸，甚至不肯在人的精神世界里留下不能认识的疆域[25]，——这可以视作现代性、现代性的文学的扩张性表现之一，"作者在密室里写作品，读者在密室里欣赏它"，在这样的条件下，"现代的读者"开始"倾听别人私密的心腹话""窥视作品里的人物的心理"[26]，内心世界恰恰是到了现代以后才被作为文学的主题和描述对象而被

24　转引自张立：《她一直忠实于自己——叶弥传》，《苏州作家研究·叶弥卷》第13页，张立、范嵘编著，复旦大学出版社2008年9月。

25　当然，在此之前发生的是现代理性对外的扩张，它坚信：物质世界是可以被估量和预见的，在实践层面上可以被操控并开发，无知的范围可以被无限缩小。

26　参见千野拓政：《我们将走向何方？——关于现代文化的诞生与终结的一些考察》，《华东师范大学学报》2005年第5期。

"开发"出来的。强调人类心理的整体性，并将心理活动与外部行为及目的加以逻辑联系，这是文学的"加法"在"现代"驱使下所依循的"理性途径"，马尔库塞告诉我们，"这种理性途径基本上是一种侵略性和进攻性的途径，因为它像企图征服大自然一样一直企图征服甚至消灭那些所谓'低级的'个人心理官能"[27]。

评论家林舟、齐红在 2002 年的时候，曾以"与世界和解"来指称叶弥小说的新变[28]。我想，"与世界和解"的表现之一是对生活、对人的"存在感"的尊重。2003 年，就在《小说加减法》发表的这一年，《明月寺》出现了，在我看来，这是叶弥小说创作流程中的界标之作。罗、薄这对夫妻"70 年春天"

27　马尔库塞：《爱欲与文明》，转引自舒允中：《内线号手：七月派的战时文学活动》第 125 页。

28　林舟、齐红：《叶弥小说简论》，《钟山》2002 年第 3 期。

来到明月寺，"以前可能是教师"——凭以上两条信息，兴许已能拼凑出一段"知识分子的痛史"。叶弥在自述中告知读者：也曾经试图通过地方志的查寻来"解释罗师父和薄师父的身世之谜"，可惜资料阙如；但我宁愿相信是出于小说家的灵气与直感（所谓"后记"不妨视作用于反衬的创作延长线）。总之，隐遁在世外桃源的爱情承受着何种世俗的痛苦？"搂头而哭"背后掩藏着什么？叶弥无力也无心揭破，她将那些有可能导向"疏离、疯狂""怒气和爆发力"（借特里林的用词）的谜底悉数隐去、放弃，小说最打动人的，是罗、薄两位师父在"普通例行的生活"间深植的幸福——简朴的饭菜，"毫无拘束"地说"隐秘的话"，月光底下"他们搀着手无言地走"……还是借上引特里林的话，在这些隐没着谜底的"空白时刻"，我们感受到了"谦卑的心灵""真实的存在感"及"幸福的可能性"。据《朱子语类》记载，有一次朱熹回答学生的提问时说，

"'人'字似'天','心'字似'帝'"。也许只是随口一说，凭着感觉直道人心的依据。但很巧，古文字学家考证，古代中国人心目中运转着宇宙大道的"帝"，从字形上说，大概真的只是"花之蒂"，即花朵下的依托，人们把它引申成为一切的肇始或依托[29]。我在上文曾述及，"花"这个意象在叶弥笔下蔚为大观且意义不凡，我们不要忘了，《明月寺》故事的缘起即是"看花"，"满山的姹紫嫣红，姹紫嫣红的上面——天空上，有更绚丽的颜色"，这是在看花，也是在悟道、观人心吧。道可道，非常道，人心呢，最玄妙的，也许就是薄师父的答语——"这个我说不清楚"。而小说艺术，其实就在虚与实、隐与显之间。我在上文讲过，叶弥擅长探索人内心世界的复杂性和独特性，而所谓文学的"减

29　参见葛兆光:《中国思想史》(第 1 卷) 第 50 页，复旦大学出版社 1998 年 4 月。

法"，就是辩证地对待这一探索，不仅是"以无厚入有间"的纵横捭阖，更在于自觉到手中的那管笔"止于所当止"的谦卑：自知并无资格和能力"把世界把握为图像"；每个人心灵深处总有不被发现的角落，沉默、幽晦而复杂，无法被表面化、无法被语言穿透、也没有必要在他者的注视下被意义赋予。

文学的"减法"会为小说留下一些简约而意味丰富的"空白"，正如古人说的，无笔墨处才是真正的气象万千。比如《消失在布达拉宫的一头鹰》（2007），人类无法掌控的命运，和不信命的蒋百年之间互相的抗争，以及蒋最终的归宿，都是巨大的谜，就好像小说末尾那头展翅高飞的鹰消失在布达拉宫里，你只能以目送的方式眺望那渐渐消失的影子，但其去向却是不可猜透的……还有《桃花渡》（2009），在"我"、清定、清定梦中的女人、崔先生之间有着神秘的关联与呼应，而人物彼此的心灵对视，与对视后的开悟都被这一影影绰绰的神秘所笼罩。叶弥有时会在小说里安插一个"设谜—追索"的结构：姚妹妹的皮肤像天鹅绒，李东方一脸迷茫，"什么叫天鹅绒？"（《天鹅绒》）于是苦苦追索的过程开始，这个过程往往延续着漫长的时空，愈发显得神秘而举足轻重。唐雨林跑遍北京、上海和苏州，最后失望而返，还是无法告诉李东方什么是天鹅绒。尽管结果劳而无获，但在追索的过程中当事者无不神态庄重、孤注一掷。以上种种，都是普通人放置在内心某个角落敏感而神圣的"谜"，是他们挣脱"有限性"的设定，向生存"无限性"超越的途径。这是万万不可碰触与羞辱的。我们不妨屏息凝视，与他们"在沉默中相遇"，"我们不能替他者说话，也不能成为他们；如果我们一直在不停地说话，我们甚至不能听见他们。但我们可能在沉默中相遇，如果我们尽力倾听他们的沉默，想象他们就是可能的，而他们也可能在我们的想象中辨认出他们自己。"[30]

◇　风雨如晦，澄江静如练　◇

大约从 2009 年（或者更早一些）开始，叶弥笔下出现了"白菊湾花码头镇"。

说实话，这批以此空间地点为故事背景的系列小说，初看上去"清汤寡水"，人物关系简单、情节不枝蔓。小说最后提取的内核，也是人生最基本的道理——感恩，与对人类在任何困难处境中具备自我完善能力的信任，像《另类报告》（2010）中的江吉米；对"爱"的发现与坚守，《混沌年代》（2008）中父亲之于母亲、《桃花渡》中"我"之于清

30　迈克尔·伍德：《沉默之子：论当代小说》第 255 页，顾钧译，三联书店 2003 年 8 月。

定，往往是只言片语便传倾心之意，甚至一见钟情，也是简单到"古典"的爱……文学的减法，最后呈现的是这样的世界：在远离都市喧嚣的乡间，一批简单的人（他们大多粗茶淡饭，《桃花渡》中"我"给自己做的晚饭是凉拌黄瓜和西红柿炒鸡蛋，老邬"每天有一斤米、一把青菜和几根萝卜干就够了"），求证简单的人生道理。

小说写到这儿，其实有点危险。花码头有轻柔月光、茂盛的野菊花、一望无际的翠绿秧田、悠然觅食的白鹭……这似乎是人们习惯的退守姿态：在城市化引发重重危机的今天，将乡土遥想为田园乌托邦。叶弥当然知道时代之变，《拈花桥》(2010)写无节制的扩张、建设对大自然的破坏；《另类报告》最后那幕暴虐的"灭鬼"行动剿灭的是人心中最后一丝良善；《花码头一夜风雪》(2009)中写到农村基层政治的腐败；《你的世界之外》(2011)更是借"冬梅"的一席话将社会与人心的逐利丧本和盘托出："镇上的菜场里，有人用漂白粉浸茭白，用工业腐蚀剂洗鲜藕，螃蟹加了洗蟹粉。冬枣上喷了糖精，炒栗子里加上蜡。瓜果上全喷了催熟剂。菜场边上的大饼店里，油条里加了洗衣粉，蒸馒头里加了漂白剂。烤鸭和烤鸡，用的都是地沟油……"所谓"桃花渡"，早已不是世外桃源。

这么说来，这批小说的主题可以归纳为：一群简单的人和风雨如晦的现实相抗争的寓言。生命行将终结时，老邬将土根"托孤"一般托付给了艾我素，这提醒我们：这群简单的人彼此声息相通，江吉米、老邬、艾我素（其实也包括之前的钟文清等）——他们是同一精神家族的成员。这些人简静、身居边缘，有生命内省的意识。恶浊的社会当然不会为简单的人准备好清洁的环境，于是他们的洁身自好就有了一种"从我做起"的抗争意味，而自我完善可能正是打扫天下最坚固、最可靠的基石。这些简单的人落落寡合，每为常人所不能理解，陀思妥耶夫斯基在《卡拉马佐夫兄弟》序言里揭示过这些身居边缘的人反倒"常常是整体中的核心，而他那时代的其余的人们，像被突至之风裹挟，一时不知为何全都离开了他"……[31] 在"突至之风裹挟"中迎风而立不倒伏，不改常度，造次不移，临难不夺，这样的人不妨称作"君子"——正是《诗经》里说的："风雨如晦，鸡鸣不已。既见君子，云胡不喜?"《毛诗序》解释这首《风雨》的主旨是"乱世则思君子不改其度焉"。叶弥以花码头为背景的这批小说，也正是风雨如晦中书写的思怀君子之作。风雨凄惶，黑暗渐浓，而报晓的雄鸡却长鸣不绝，由此获得见贤思齐、身心振奋的精神能量。所谓"云胡不喜"，不仅是普通人得见君子后而起世道可挽的信心，也是每个人（或者说，由君

31　转引自巴赫金：《陀思妥耶夫斯基诗学问题》第211页，白春仁、顾亚铃译，三联书店1988年7月。

子传递给普通人）对周围同类的执念与承诺：我们并不真的就无能为力，每个人均具有道德上与精神上自我改进的内在能力。所以，尽管江吉米早就对花码头镇作出"这是一个充满谎言的镇子"的断言，但他依然随时警醒自己不要"失去对人类的信任"，依然郑重其事地告诉年轻的花亚："桃子烂光了，剩下核，见了土，见了水和阳光，又能发出新芽来了。"借前人的话说，这份信心是"对于依据这大自然而创造的人世现状与历史的信心"[32]，因是在"创造中的信心"，原不免"将信将疑"，随时会被外界风雨所摧折，经常需要抵抗住黑暗与虚无而自我扶持。但也正是这份颠扑、摇曳中不绝的信心，让读者不松懈、振奋自拔。

花码头发生的，大多是一些让读者心酸的故

32　胡兰成：《中国的礼乐风景》第38、39页，中国长安出版社2013年2月。

事，但哀而不伤，自有一份阔达明亮，这与小说中存在着彼此传递精神能量的神圣家族有关。当然这些神圣家族的成员都是简单的人。这批简单的人还有一个特征——安静，或者用老邬的话说，"心静的人"。越是外界纷纷扰扰，越是处变不惊：

波涛滚滚的蓝湖正在渐渐安静，它灰色的水面眼看着就要变成蓝色。这种变化让我想起种黄瓜，当第一只黄瓜从花蒂下面伸出来时，我坐在差不多手指头一样长的黄瓜边上，坐了三个小时。我看不到黄瓜生长时的动态，但是三个小时中它确实又长了有半根手指那么长。真是令人喜悦和惊奇。我的身后是整片的秧田，翠绿的整齐的秧田里，两只长腿大白鹭悠然地寻找食物，又像在水田里照自己和影子。须臾一飞冲天，也是令人惊奇和喜悦的。

在我不经意的时候，突然就黄昏了。湖边的黄昏与我习惯中的城里的黄昏大不一样。这是一个清亮的青黄色黄昏，天地之间聚集着浓重的黄光，这种不同寻常的黄光来自于四面八方，来自于土地，土地上生长的草和树木；来自于天空中停留的云；还来自于土地和云之间的空间。它们有着黄铜一样细致而温柔的质地，也像黄铜一样沉重和波澜不惊。(《桃花渡》)

读上面这样的文字，我总会心生敬意：这位叙述者以及叙述者背后的这位作家，真是静得下心来。因为心静，所以"黄瓜边上，坐了三个小时"，对自然万物潜滋暗长的生机致以"喜悦和惊奇"；

因为心静，所以目光舍不得略过秧田、白鹭和天空中的停云，山野川林中任何些微的光影、气息，皆可领受，这是一个人在"静"中的格物与修行。"静"字的古义，远比我们今人想象的丰富。《说文》"段注"中这样来解释"静"字："采色详审得其宜谓之静。考工记言画缋之事是也。分布五色，疏密有章，则虽绚烂之极，而无溃涩不鲜，是曰静。人心审度得宜，一言一事必求理义之必然，则虽缘劳之极而无纷乱，亦曰静。"我的一位朋友于是感喟："原来旧时所谓的安静与平静，都要有绚烂和复杂作为底子才好，因为'静'字中尚且还有一个'争'字，它是要在世间的绚烂和复杂中奋力争来的。这当然很难，所以才有'桃花难画，因要画得它静'的讲法，也就好比维特根斯坦面对 G.E.摩尔孩子般单纯时的不以为然，因为那'不是一个人后天为之拼争的单纯，而是出自先天的免于诱惑'。"这番意思真好。我也喜欢《论语·八佾》中"绘事后素"四个字，各种版本的注疏看过一些，似乎也无定解。我就断章取义地猜测，其中多少有遍采五色之后始归于朴素的意思吧。朋友拈出这个"静"字，原是想解释谢宣城的名句，我还是照引如下：

> 如果说"余霞散成绮"堪比人世间可以目睹的绚烂繁华，那么，"澄江静如练"其实只是一种存在于心底的相信，相信存在一个更为阔大圆满的宇宙，在那里，一切都不会被毁灭，一切只是从水面静静消失。[33]

叶弥这些写花码头镇的篇章，并不是删繁就简，而是从"世间的绚烂和复杂中"奋力为自己争来一份

---

[33] 张定浩：《过去时代的诗与人：谢宣城》，《书城》2012 年 12 月号。上文中那段《说文》"段注"，也自张文中引来，特此致谢。

简静，"绘事后素"，终于见得光明喜乐。风雨如晦，也曾心累神劳，但也并不就是转身闭上眼睛，而是努力修习、调整身心，安放好自己，迎向那个见己、见人、见天地的瞬间——

　　我看见了黄得耀眼的黄昏里，一只手摇的小渡船，上面坐着一个人。我的心中又开始荡漾着爱情的愉悦。淡淡的愉悦，然而是纯正的。……(《桃花渡》)

2013 年 4 月 10 日

舍身迎向不知所踪的旅程：鲁敏论

◇ "挂在时代巨躯上的苍耳" ◇

在鲁敏的中短篇中,《取景器》是广受关注的作品。作家自述该篇"表达我对'爱'的理解,对各种情境或关系的思考与理解,诸如'爱'的存在样式与可能性,'爱'的无疾而终,'爱'的虚无与归零,对所爱的诀别与告白"[1]。评论家的意见似乎都被上述作家的自我说法所笼罩。我想冒着被鲁敏讥讽

---

[1] 鲁敏:《爱的最后一口气——关于〈取景器〉》,《回忆的深渊》第 50 页,昆仑出版社 2013 年 1 月。

为"正当的外部势力"[2]的风险，重读《取景器》。一来不想重复同一种阐释；二来诚如雪莱所说"流传世间的最灿烂的诗也恐怕不过是诗人原来构想的一个微弱的影子而已"[3]，我尝试通过"影子"来敞亮其"原来构想"，这或许是作家隐而未彰的意图，甚或无意识的闪念，然而这些未发之覆绝不容忽略。

生长在社会转型的断裂处，旧有的意识形态轰然倒地，革命记忆渐次远去，自我放逐于历史之外——这似乎成为我们对鲁敏这一代作家创作背景的共识。然而，鲁敏岂会没有历史意识呢？"'史'

2　鲁敏这样说："大家被社会道义、寓意指认、人性解剖这些玩意给绑架了，给戴上高帽子了，一层又一层的高帽子被好心好意地按在小说的头上，并被纷纷指认着：看，多么光泽但艰难的公共情操、多么沉痛的揭示、对复杂人性的审判……可惜的，也悲哀的。内心深处，我仍然像置身旧石器时代一样迷信着文本的纯粹性，它本不该被那么多'正当的外部势力'所侵扰和伤害。"见鲁敏：《没有幸福也没有宁静》，《大家》2018年第1期。

3　雪莱：《为诗辩护》，《西方文艺理论名著选编》（中）第78页，伍蠡甫、胡经之主编，北京大学出版社1986年6月。

是必须的背景，是环境与基调，但我会以加长的'特写'镜头，把当中的人物、他们的表情、细部的动作拉到最前面，紧贴着，听人物的呼吸……"[4]鲁敏是通过个体与历史间结结实实的关系，以及具体的人在历史中或被决定、或起而反抗的特殊命运，来揭示历史意识。"人就是挂在时代巨躯上的一只只苍耳。时代行走跳跃，苍耳们也就随之摇晃、前行，也不排除在加速或转弯时，有少许被震落到小道上……我所理解的文学，是以苍耳为主要聚集点，苍耳就是我们人类，它柔软，有刺，有汁，有疼痛与枯荣。最为理想的作品，是从这些小小苍耳的身上，感知到特定空间或时代的流变，流变中的冷酷与滚烫、对个体的推送、佑怜或伤害……"[5]我

4　舒晋瑜、鲁敏：《写作把我从虚妄的生活中解脱出来》，《中华读书报》2012 年 11 月 2 日。

5　行超、鲁敏：《文学是书写时代巨躯上的苍耳》，《文艺报》2018 年 4 月 25 日。

们对苍耳前行、摇晃、掉落的形状、姿态认识到何种细微的程度，决定着我们对"时代巨躯"的理解。对于鲁敏的历史意识有了以上铺垫之后，我将《取景器》解读为一则关于新时期文学、新时期思想解放运动的寓言。

在这段三角恋的人物关系中，妻子的形象注定不堪：她没完没了地编织毛衣，一如琐屑凡庸的生活，连她的睡姿（"圆滚滚的土豆"）都"令我憎恨到极点"。妻子年轻的时候是"我们这一带第一个会完整背诵'老三篇'的女学生"，在我们的婚礼上，她以背诵整篇"老三篇"而赢得"人们富有革命气息的掌声"。这也暗示着今昔之间的关联：现在的表情僵硬、呆板无趣，正源于当年接受了深度改造。而这显然波及"我"，在无数次被武斗、传达最高指示粗暴打断的经历之后，"两个人的夜晚终于彻底变样了，被成功改造了，成了猛然惊醒后的心悸，成了强灯光下的梦魇"。在非正常的政治的不断惊扰下，身体渐渐沉睡去。那个时代，权力专断而无孔不入，国家意识形态假借革命的名义直接剥夺个人自由。而妻子既沦为过去时代的牺牲品，又不幸成为那个时代的象征，成为"我"一再迁怒的对象，"任何一对少年夫妇可能有过的闺房之乐，我似乎全无经验，亦全无记忆"，"我"是多么急迫地想要告别妻子和她所代表的那个时代啊。

将"我"唤醒的是唐冠，她美丽妖娆，而且有一种拒绝格式化的激情与个性，比如她的本职工作是报社摄影记者，却素来厌倦"工厂消防演习、国庆街心花园、市民踊跃捐献棉衣、熊猫彩电再创年产最高纪录"之类的新闻，因为"假模假式，毫无美感"。"我"根本无法抵御唐冠的魅力。一方面，当外部的自由与解放依然步履蹒跚之时（那时的新闻是"假模假式"的，那时的摄影是"大众化口味"的），唐冠引领"我"到小屋中一起欣赏"真正的摄影"，审美体验赋予我们拯救与逍遥。千万不要忽视唐冠摄影的美学特征。在以"菜场"为主题的系列作品中，唐冠将取景器对准了如下景象："洋葱堆上飞过不合时宜的蝴蝶。氧气棒下等待死去的鱼群。肉案板上被摆成奔跑模样的去皮羊尸。卖蒜人的女儿在吮吸一株生蘑菇。污水横流的地面，伫立着一双被玷污了的拉丁舞鞋。被磨损了边线的零钱包挂在主妇臃肿的臂上……"这些——借助小说中的词汇——"小而软"的"日常小景"，也许在当时的环境中还显得格格不入，但无疑预示着即将喷薄而出的时代主潮——回向日常生活，回向"客观还原"的、现实生活的直接存在，拒绝被社会本质、进步规律及艺术典型所覆盖、稀释。另一方面，"我"愿意在唐冠的镜头面前奉献裸体，不仅是献给唐冠，也是为了弥补自身"禁锢得化成污水的青春"。被不正常的年代压抑得奄奄一息的生命活力，终于在审美与身体——这是新时期解放思潮中的两大基础语法——中复活。至此想必你也识别出来了，唐冠正是"新时期"的肉身化。

不过，鲁敏以小说家特有的理解与同情，对上述冰冷的"分断逻辑"表达了不满。唐冠偷拍了妻子的一组照片，"握着那些照片，我突然不知羞耻地抽泣起来……这就是被我完全抛在一边的女人，她在活着，她在辛苦，她在爱与付出。我却全然不知，直到情人的镜头，把这一切拉到我的眼前"。妻子被深深地锚定在过往的时代中，那个时代的压抑性语境已然消失，且与今天的时代发生了巨大断裂，所以在旁观者、后来者眼中，妻子如同怪物一般受到轻慢。然而借助情人的取景器，"我"终于发现妻子的"爱与付出"。鲁敏让"红玫瑰与白玫瑰"尤其是她们各自代表的时代平心静气地互相观照，以此表达一种"取景器的伦理"：比照、判断不同的时代，并不是将特殊境遇中的经验和价值唯一化、作为固定标准，而应该在相对的历史脉络中打开各自尝试的苦心、存在的合理性。鲁敏的笔触，老老实实地贴着在时代的崖壁间摸爬滚打的人的感受，于是，那一个个枝枝丛生的时代，多少显出了清晰和饱满。

《取景器》的叙述起点是当下，"绝症的降临"却使"我"获得了清理自身的喘息之机，从容回望和唐冠的交往经历，当年的旖旎风光，在被充分地对象化之后，显得更为平实，"那么多年了，皆是多情的囚徒、性欲的囚徒"……站在"我"背后清醒的反思者，是鲁敏。从情节和年龄推算，小说中的"我"应该属于鲁敏的父辈；鲁敏这一代作家可以视作唐冠和"我"思想解放遗产的文学继承者。由此，《取景器》的意义就不只是审父，而是自审。"70 后"作家的登场，沐浴在"新时期文学""纯文学"所组织出来的一整套文学观念在 20 世纪 90 年代取得充分合法性的辉光中。在其合法性的逻辑内，回到日常生活被更彻底地表达为回到私人生活，对私人生活领域的捍卫，成为对抗前一个时代权力过度扩张的有效方式。"我"与妻子深受权力过度扩张之害，那"无数个被粗暴打断"的夜晚，正暗示着国家意识形态对个人生活世界的介入、收编。终于历史翻开了新篇章，"我"和唐冠迎来了新时代，但吊诡的是，唐冠却不听劝阻地窥视、偷拍"我"的家庭生活，甚至在多年重逢之后，"还找到了我搬家后的新住址，注目我的生活，并且用取景器记录下这一切"。多么反讽啊，当年唐冠以女神姿态点燃"我"内心向往自由的激情，如今却以入侵私人生活的方式伤害了"我"的自由。读到此处，我们不禁和鲁敏一起发出追问：唐冠们馈赠给"70后"作家的这笔遗产，是否需要清理一番：为什么恰恰是在后革命时代，私人生活被全面占领？为什么围绕私人性的社会展开，依然会以另一种形式剥夺个人自由？拒绝政治国家对个人的威权统治无疑出于正当诉求，但同时看不到"我"身上任何的责任与认同，在此情况下，一个完全的私己领域是否能真正独立存在？

鲁敏的创作从"东坝"系列起步，清水出芙蓉，携带着一股青春期写作的自发性。而《取景器》标志着转折，在民间传统中沿途追索自己生命的来历之后，鲁敏通过对人类知识精华的不断习得，通过对历史与现实经验的反复辨析，渐渐滋长出反思意识，提起"作家的第二口气"，接着再往深处走。

◇　在虚妄与无聊的逼视下　◇

"这是一个重要的历史时刻。惩罚景观的旧伙伴——肉体和鲜血——隐退了。一个新角色戴着面具登上舞台。一种悲剧结束了，一种喜剧开演了。这是一种影子表演，只有声音，没有面孔，各种实体都是无形的。因此，惩罚司法的机制必须刺透这种无形的现实。"[6] 在这个历史时刻，惩罚的对象从监狱中有罪之人的肉体，转向所有人没有肉身的"无形现实"中，即灵魂；权力发挥的空间，从监狱、刑场、警察局转向"喜剧"性的幸福生活，比如家庭；控制的方式不是鲜血淋漓的压迫，而转向隐性的规训，甚至借助科学程序和数字化管理。鲁敏关注这样一个新的历史时刻给人带来的"隐疾"。《铁血信鸽》中的妻子，每天按照保健书上的说教，遵循"温度学说"等理据，一丝不苟地安排家庭日常生活：清晨牛角梳梳头两百下、背部撞墙二十分钟（由定时器监管）、叩牙三百次、饭后快走四十分钟、腹部揉摩顺逆时各一百下……而且"妻子不是一个人，她是一群人，她是整个城市，她是举国上下，她是全球浪潮"。甚至当"我"将目光转

6　福柯：《规训与惩罚》第 17、18 页，刘北成、杨远婴译，三联书店 1999 年 5 月。

向窗外，小区里是一模一样的户型，"敲开任何一家的门，打开冰箱，都可以取出同样一瓶开了口的'四季宝'花生酱；拉开衣柜，会在同一个位置找到'AB'内衣；而次卧的书桌上，被翻烂的课本内页夹着同样一份奥数课时表"……多么样板化的生活。在现代社会肉体控制的方式中，人成为一架自动运转的机器，其运转的核心机制是自我驯服，将外部纪律内化为自我遵循的身体规训，"我们比以往更加屈从。只是，这屈从不再是粗鲁野蛮的，相反，它变得奥妙起来。在这种屈从中，我们得出了光荣的结论：我们是主体，是自由的主体"[7]，就像妻子所面对的不再是强卖、强制消费这种外显的强制，而是被虚幻的欲望所激励（小说开篇就提到"电视导购饶舌的喜感"），自居为"自由的主体"、

---

7 布朗肖：《我想象中的米歇尔·福柯》，《福柯的面孔》第25页，肖莎译，文化艺术出版社2001年9月。

发了疯一般去追逐"禅食"、健康食品……

　　然而"我"却始终无法适应妻子安排的生活，直言"没有血性的人更宜养生"，他为"意义"的匮乏而焦虑（"意义。穆先生把这个词埋在肚子里，怕说出来给人笑话，他被这个不实用的词给控制了，怏怏不乐。"）；或者说，在现代社会隐形权力的布展之外，"我"窥破了所谓"自由的主体"恰恰是"肉体的监狱"。"我"将超越平庸而机械的生活的愿望，全部寄托在那只鸽子身上。然而悖谬的是，赛鸽本就是人类驯养的动物，鸽子被驯养，同妻子对"肉身的供奉与侍弄"本无二致。甚至养鸽的邻居一语道破如何以"干柴烈火法"来训练鸽子返巢："鸽子这小东西，有情有义呢，终身一夫一妻！替它们搭好对子后，让它们雄雌长期同巢隔离，直到集鸽前才给它们半小时亲热一下，然后上路，得，这就成了，它就会急了，想再续旧情儿，就赶着往回飞……"也就是说，对鸽子的驯服已然深入到其

"自然"欲望当中。那么鸽子如何承担得起"我"对血性、激情、另外一种生活的向往呢？小说结尾，"我"在依稀看见鸽子返巢的时刻，纵身跃出了阳台。鲁敏于此表达了纠结难尽的喟叹：对于"我"来说，纵身一跃到底意味着领受自由的天启——羽化为"灰色大鸟"，哪怕以生命终结来肉搏现代社会的规训体系；抑或死亡的降临——鸽子返巢恰恰意味着驯养最终完成，这莫非是一种微讽，也许"生活在他处"是希望，但希望本身亦是虚妄。

《西天寺》的序幕是一个家族在清明节倾巢出动去扫墓，整个过程中，主人公符马不时走神，"现在这个世界什么好东西都没有了，只剩下无聊，无聊得遮天蔽日，透不过气来"。众人四散之后，为了抵御无聊感，符马和"那个女孩"偷情，依然心不在焉，身体滚动的时刻居然还不忘按下手机计时器。傍晚时分符马被记忆驱使着去爬紫金山，然而突发的兴致旋起旋灭，仿佛"蜘蛛网落到头上"，"完全失去了爬到山顶的欲望"……性爱和回向童年的记忆，往往被作为生命存在的意义、延续性的身份认同的证明，然而符马尝试的这一切始终无法抵御无聊的蔓延、侵袭，"为什么每一桩事情，或迟或早，殊途同归，都会感到无聊，这无聊，大得像天一样"……

同样是直面无聊的主题，同样是身居南京的作家，不免让人想起朱文笔下的小丁。其实我更感兴趣的是两者的区别。20世纪90年代的小丁，站在时代变革的尾巴上，烟消云散的80年代的理想情愫还残存几许，当小丁在表达对精神、公共经验的厌弃而宁愿直面虚无和无聊时，分明让人感受到一种创伤性记忆的反弹。不过，虽然"行走在现实泥土之中"，但并没有泯灭内心"飞翔的愿望"[8]；虽然是与一地鸡毛

8 "行走在现实泥土之中的人内心的一种飞翔的愿望"一语，见鲁羊：《天机不可泄露》，《钟山》1993年第4期。

的物相及欲望化生存纠缠在一起的"低姿态",但"飞翔"终究意味着一种精神活动,而没有放弃对人性以及生存意义的探究,当然这种探究并非凌空高蹈的想象,而是深植于个体生命的血肉真实之中。《尖锐之秋》中,小丁在抱怨自己的处境时说:"我怎么觉得自己像是这个社会的一个疣子呢?活着却不是这个身体上的一部分,呼吸却没有温度,感觉不到这个身体的新陈代谢,我是一个增生出来的疣。"接着又写道:"小丁不知不觉地流下了眼泪。"陈思和先生曾分析上述比喻的多重含义:"作为疣子的小丁,完全是被抛在社会生活的轨道之外……那个与不断制造性病的身体割断联系的疣子,本身则是清白的,小丁们虽然以不洁的形象蒙受了恶名,但较之这个社会及社会上的所谓中坚,他们又是清白的。"[9]小丁虽然一脸不在乎,

---

9 陈思和:《"何谓好小说"的几个标准》,《不可一世论文学》第 250、251 页,人民文学出版社 2003 年 12 月。陈思和在该文中以"低姿态飞翔"一语来概括朱文小说的特征。

但是对"自我"其实有着自信与执念，所谓"无聊"，其实是以"清白"自许的"我"向社会翻的白眼。

在小丁们的背影中，符马出场了，后者的精神空间更趋逼仄，更要命的是缠绕着一种深深的自我厌弃感，符马当然不满于这个时代，但同样对自己不满意，他是无聊的时代大幕上的附庸，是附庸而不是上面那个暗喻着间离与批判的"疣子"。作为读者，我忍不住要赞同符马的感慨——"现在这个世界什么好东西都没有了"，在符马和你我周围，那些在追逐成功人士的快车道上攘臂争先的人，根本无暇去体味无聊。还有一部分人在无聊中自我麻醉以为寻获了救赎之道，比如性，比如怀旧，鲁敏不留情面地戳穿了这些自以为得计的道具。符马在性高潮这个"唯一可以证明他存在感的血肉时刻"分明看到"拖曳着死神的修长阴影"，他在爬紫金山时差点如浪漫主义者一般陷入童年美梦中，但鲁敏不惜粗暴地将这些抒情和雅致毁坏掉，"唉，狗屁不值的软绵绵的温情们，符马本也看不上"。鲁敏终究没有让笔下主人公的无聊感流为对颓废的赏玩。将无聊表现为重大的精神问题，这是鲁敏卓异的地方；但我求全责备地说一句，以鲁敏的笔力，写到符马这个层次还是不够的，以文学史为比照背景，她对今天这个时代理当有更为犀利的洞察。差不多十年前，在一篇以小丁为分析对象、名为《在"无聊"的逼视下》的文章结尾，王晓明先生追问："巨大而深厚的'无聊'早已罩住了我们的生活，它随时准备向我们袒露这个时代的人生的秘密。今天的文学有能力正面接住它逼视的目光，而不是左顾右盼、回避它的锋芒吗？"[10] 我想和符马们、和鲁敏一起再次迎向无聊逼视的目光，但最终不免无颜以对、废然垂手，至少我个人，也许并不比符马高明

10　王晓明：《在"无聊"的逼视下——从朱文笔下的小丁说起》，《在新意识形态的笼罩下：90 年代的文化和文学分析》第 215 页，江苏人民出版社 2000 年 10 月。

多少，与当年的小丁相比更谈不上进步。当真实绽放的时刻降临时，我们究竟能做些什么呢？

在《幼齿摇落》中，这个时刻猝然来临了。"我"跟着"他"回家看望父母、亲友，这次交往出于"直达婚姻"的目的，就连选择"清明节回家"也是考虑到"效率最高，几乎能见到所有亲戚"，"效率最高"——以一种经济理性的方式投入到感情生活中。然而最终"我"却主动放弃了这段感情，一是无法面对"他"父亲交付的一包乳牙，再是见到二伯夫妇之后"让我很惭愧"。乳牙暗示着个人真实的生命成长轨迹。至于二伯与二伯母关于离婚的吵嚷，有论者认为这促使"我"认识到婚姻"无趣的本质"[11]，以致意兴阑珊。我不太认可这个说法，龃龉来自于相携前行的磕绊，抱怨来自于对枕边人巨细靡遗的观照，也就是说，吵嚷的前提并非是二伯夫

11　杨庆祥主持：《俗世欢愉与戏剧化变异》，《西湖》2018年第4期。

妇对婚姻生活的厌倦，而恰是四十年风雨同行的披肝沥胆。而"我"之所以感到惭愧，是因为二伯夫妇的婚姻经历如同一面镜子，照出了"我"对感情的潦草与苟且。搁置面具（《枕边辞》一开始就写了一对情人如何戴着面具交往，诸如"他做出惊愕的样子，出于礼貌""他让自己听上去有点感动"）而舍身到生活的洪流中，哪怕随之而来的是载沉载浮的挣扎，那也是与真实的劈面相逢。而"我"恰恰承受不了真实。《幼齿摇落》的故事同样发生在清明节期间，巴赫金意义上的节庆帮助人们"从流行的世界观中，从传统和已经确立的秩序中，从陈词滥调中，从一切乏味的和被普遍接受的东西中解放出来"[12]；鲁迅也曾为乡曲小民在节庆期间求神拜鬼的活动辩护，理由很简单，农人"劳作终岁，必求

12　阿拉斯泰尔·伦弗鲁：《导读巴赫金》第 163 页，田延译，重庆大学出版社 2017 年 3 月。

一扬其精神"[13]。鲁敏也选择了自我解放、发抒精神的节日氛围,《幼齿摇落》既庄重写出真实袒露的瞬间,也诚恳表达对真实的躲闪和无法承受。

《铁血信鸽》《西天寺》《幼齿摇落》三部作品可以归为同一序列,鲁敏将重大的精神疑难推到读者面前——为什么我们如此无聊?为什么我们不敢面对真实?然而在自欺欺人的牢笼被打破之后,在日常生活的焦虑发生之后,我们随即目光涣散、瘫软在地,那意义和精神的根基到底在何方?

◇ **文学的"自反性"** ◇

在我看来,"东坝"与"隐疾"系列,可归入同

13 鲁迅:《破恶声论》,《鲁迅全集》(8)第 32 页,人民文学出版社 2005 年 11 月。

一个阿波罗阶段。在此阶段，鲁敏倾力关注属灵的问题，就如《铁血信鸽》中穆先生慨叹"是心睡不着，所以肉才睡不着啊"；就如《取景器》中"我"与唐冠偷情时仍不免强调"灵魂高度交融"。

"荷尔蒙"系列是鲁敏的狄奥尼索斯阶段，肉身、混沌、歧异、偶然、感官世界粉墨登场。不过我认可何平的判断，《三人二足》这样的小说有待处理得更加"彻底"，如果重组情节发展，应该"恋足恋到极致，同时这双被真正宠溺的'足'，这双被心理和生理反复把玩的'足'，仍然成为贩毒的利器。邱先生应该是比现在更复杂更有弹性更犹豫不决的邱先生"[14]。岂独邱先生，女主人公章涵也和身体觉醒隔开着一段距离，她一开始被邱先生下套，主要出于对开放性态度的现代人的自许，这是一种

14　何平：《"对听力不足的人，我必须粗声叫嚷"——散说鲁敏的〈荷尔蒙夜谈〉》，《名作欣赏》2017 年第 5 期。

观念的臣服而非肉体的欢愉。小说末尾起了必死之念后，章涵依然沉醉于心造的幻影中而无法自拔，执着地向邱先生索取"我有世上最美的脚"的肯定。这里其实没有"肉体本能的暴动"[15]，或者说，这场暴动依然被重重束缚钳制着。2018年的新作《绕着仙人掌跳舞》在形式上刻意求工（两位喋喋不休的对话者加一位沉默不语的人，戏剧化的展开叙述），塑造了两类不同的人。金策划是鲁敏作品中反复出现的常态生活的沦陷者，遵守家庭、工作、责任、义务等规范，代表中产阶级保守伦理，成为社会主要的安定力量，任何激进尝试只存在于想象之中，"我就是没那个胆子来真的"。而老何将群交视作本乎自然的肉体需求，他的群友提供了不少助人之举（比如对于刘教授、对于高位截瘫的男孩），鲁敏似乎要将这些利他的举动也视作一种身体本能而拒绝

15　鲁敏：《为荷尔蒙背书》，《名作欣赏》2017年第5期。

往精神层面拔高。我猜测鲁敏该篇的意图，是要通过对话的展开来剥除两类不同人之间的偏见，最后借老何之口表达"这两种生活，都很好"。在同一系列中，《绕着仙人掌跳舞》可能最具备意义生长点（作者为此篇删改八次，足见苦心），我通过这篇作品隐隐触摸到"为荷尔蒙背书"的志向所在，是不是可以这样说，鲁敏要探讨的课题是：我们能否在生理学（而不仅是此前过度倚赖的心理学、社会学、政治经济学等）中找到理解人类行为的模型。

我对"荷尔蒙"系列的解读点到为止，一来该系列还处于作家实验过程中，我们不妨静待鲁敏"图穷匕见"之后再作研讨；二来我有点怀疑是否可以将鲁敏中短篇的创作脉络齐整地切割为"东坝"—"隐疾"—"荷尔蒙"。上文拈出阿波罗和狄奥尼索斯阶段，并不是要强出新意。希腊神话为何要将狄奥尼索斯这样一个声名狼藉的形象转变为光芒万丈的奥林波斯神，而且最终整合到宇宙起源的体系中。对这个问题最好的回答来自尼采,《悲剧的诞生》描写阿波罗式与狄奥尼索斯式对立,"彼此不可分离,对于生命来说同样不可或缺:正如没有混沌就没有宇宙,没有时间就没有永恒,或者没有差异就没有同一"[16]。回到鲁敏,我们既要观照作家在不同创作阶段的书写重心,也要体会作家对重心的对立面的包容,哪怕这种包容并非有意为之。鲁敏的小说如同一个复杂的结晶体,强调了一面,就会暗自发现不同的另一面。我把这个特征理解为文学的"自反性"。莱昂内尔·特里林定义心目中的文化英雄具备"一等智力":"对于一等智力的检验是看他有没有能力同时在头脑中持有两种相反的观念,而同时依然能够保持行动的能力。"[17] 在特里

---

16 吕克·费希:《神话的智慧》第381页,曹明译,华东师范大学出版社2017年5月。

17 莱昂内尔·特里林:《自由的想象》,转引自宋明炜:《批评家特里林》,《普利茅斯的冬日花朵》第164页,上海书店出版社2012年7月。

林那里，两种相反观念的并持出于理性与思辨，而鲁敏的"自反性"可能更多源自作家天性甚或下意识。比如，"荷尔蒙"系列为肉体本能轻装上阵，却时时不免灵魂与伦理的重负（比如《绕着仙人掌跳舞》中金策划与老何都拒绝在谈话中牵扯进最亲近的人——妻女与父亲）。《铁血信鸽》将"生活在他处"的渴求层层积蓄，但最后"羽化"的姿态既是破壁而出的搏击，又仿佛是微讽。《取景器》延续了日常生活焦虑的主题，我们非常理解"我"对刻板生活的痛恨，但作者又借唐冠的镜头让我们看清妻子在刻板生活中的"爱与付出"。妻子日复一日编织、拆解毛衣的形象，我想可以追溯到《奥德赛》中的佩涅洛普，以纺织操持家务，素来被视作日常秩序、历史的现世维度的象征。

从倾力书写越轨者这一点而言，长篇《奔月》依然可以纳入狄奥尼索斯阶段。女主人公小六经历一场旅游大巴意外坠崖事故，就此从熟悉的人——

丈夫、母亲、情人、同事等——眼中"消失"，以无名之躯来到完全陌生的小城……故事就此展开两条线索：熟悉的人如何安放小六离去的空位，小六在陌生小城的遭遇与心路，两条线索在故事结尾处合流，但是，这一合流是重新汇合抑或就此挥手自兹去呢？鲁敏以细腻而有力的笔墨，考掘急剧动荡的时代中人们的生活困境与精神疑难。"因热爱生活本身而愈加不可忍受它的平庸、麻木与一应之定规。因此，我会有意注目，并以欣赏、挖掘和怂恿的眼光去注目'越轨者'"[18]——从作家的自述来看，显然是站在了小六这一边，也是此前日常生活焦虑的主题延续。然而，文学最具魅力的地方，可能正在于作家主观意图与文本实际图景之间微妙的距离。小六在结尾似乎处于一阵茫然中，在我看

18　行超、鲁敏：《文学是书写时代巨躯上的苍耳》，《文艺报》2018年4月25日。

来，恰恰是模糊、茫然启动了文学的自反性。我将小六视作一个"反向的奥德赛"：在从特洛伊返回伊萨卡岛的旅途中，奥德赛什么都记得，他对家的记忆具体而持续，"记住伊萨卡岛就是记住他'是'谁"[19]，对过往生活的记忆帮助奥德赛稳固了人格和身份认同，从而重整家园，重新恢复在世界中的位置。奥德赛由此成为古典智慧的模范。而小六试图改头换面，遗忘过往的一切，截断往昔和当下的绵延，来重新创造一个"新我"。在城市化、工业化及人类生活方式移动性加速的情况下，自我的身份认同不再取决于"记住"和保全一个稳固、本质、核心的"我"，"人并不是只有一个身份、一个自我，自我是流动的、多元的。人应当有多种发展的可能性，而要做到这一切，一个人首先必须是个遗忘

19　大卫·格罗斯：《逝去的时间：论晚期现代文化中的记忆与遗忘》，和磊编译，《文化研究》（第11辑）第37、38页，社会科学文献出版社2011年6月。

者，避免把自己禁锢在单一的固定化了的身份束缚中"[20]。小六是真正意义上的现代人，她试图向现代社会索取的承诺是，身份由选择而构成。在以上两者间，鲁敏尽管有明确偏向，但小说家的天性使她并未向作品内部那架"颤动不稳的天平"[21]施加外力。这也逼使我们读者一起郑重面对"颤动不稳"中紧张的思辨张力：诚如《奔月》封面印刷的广告语所言——我们这一生辛苦经营，但同时也在自我禁锢，唯有失去、"脱轨"，才是通往自由之途。问题是，这样的自由在什么样的程度上是成立的？自由是身份获得"无名"时那一刻的个人解脱，抑或

20　大卫·格罗斯：《逝去的时间：论晚期现代文化中的记忆与遗忘》，《文化研究》（第 11 辑）第 50、51 页。

21　"颤动不稳的天平"这个说法来自 D.H. 劳伦斯："现在我们看出小说之美及其伟大价值何在了吧。哲学、宗教和科学都忙于把事物固定住，以求获得一种稳定的平衡。……小说中的道德是颤动不稳的天平。一旦小说家把手指按在天平盘上按自己的偏向意愿改变其平衡，这就是不道德了。"D.H. 劳伦斯：《道德与小说》，《劳伦斯文艺随笔》第 230 页，黑马译，漓江出版社 2004 年 5 月。

是正面认领世俗社会和我们每个人签订的种种契约，并在契约状态中妥善安放自身的位格——我们同时必须认清这是漫长、琐碎甚或耗损心力的磨合与协商过程？

鲁敏是有着理性自觉的作家，不同的创作系列前后递进，每一系列中着力书写的主题清晰可辨，这些都来自于理性的规划、设计，仿佛一道坚硬而稳固的河岸。但我想我们更应该注目的是流动不息、波澜万状的流水。以鲁敏的颖悟，根本不需要批评家来饶舌（她早已表示"写作时并无这样的谋划，谋划不了的"²²）。我只是希望鲁敏作品中朦胧甚或无意识的自反性，更加发展壮大；精神／肉身、世俗／超越、传统／现代诸如此类二元

---

22 行超、鲁敏：《文学是书写时代巨躯上的苍耳》，《文艺报》2018 年 4 月 25 日。

对立的观念共识，不妨被自由流淌的文学河流冲刷、漫溢，恰如尼采一般勇敢地将外部的敌人融入内部，不断向他者的质疑、辩难的力量开放边界，真正效法《奔月》中的女主，舍身迎向不知所踪的旅程……

2018 年 5 月 8 日初稿

2018 年 5 月 19 日改定

小说之心：
田耳论

我团着身子，一朵花慢慢展开花

瓣。但

我的心没有展开。它紧缩着，如一

块秤砣。

它让我安稳地立在冰面上。[1]

桑克的这首诗中，"花瓣的展开"与"心的紧缩"

奇特地展示为同一个具有紧张感的过程。田耳的小

说犹如这个过程，文本外部的触角探向、卷入纷

乱而无限的世界，但同时向内地"紧缩"成"秤砣"

1　桑克:《滑冰者》。对这首诗的解读，参见姜涛:《嘟囔的仪式——读桑克近作》,《巴枯宁的手》第 75、76 页，北京大学出版社 2010 年 6 月。

般、沉默而"安稳"的心。这个小说之心是什么呢？

◇ 拒绝抒情 ◇

我从《衣钵》开始记住了田耳这位作家。小说叙述了一场"成长仪式"，道士的儿子李可留在乡里子承父业，情节不复杂，可要将故事讲得入情入理其实不简单。从时潮来说，这是一个都市化的时代，李可的同龄人们攘臂争先地漂往城里；从个人意愿来说，面对群山四合，李可早就有心"离开周遭一切，走出去"。那么到底是什么留下了李可？在村里，人们不知道佛道的历史渊源和现实区别，做道场的时候，和尚道士一起上阵，"做和尚的做道士的脱了衣便和别人毫无二致地种地养家娶妻生子"。20世纪初叶，在一片拔除宗教、改革陋习的声浪中，鲁迅为田夫野老、蚕妇村氓举办"赛会"、信奉"神龙"辩护:"宗教由来,本向上之民所自建,纵对象有多一虚实之别,而足充人心向上之需要则同然……人心必有所冯依,非信无以立,宗教之作,不可已矣。"[2] 知识分子看不上的、"四不像"的民间宗教活动,实则同农人生活,以及扎根于此生活背后的情感寄托、精神想象有着切身而实在的联系。乡间生活中的生死病痛,"都少不了请道士",通过父亲潜移默化的影响,李可领受道士这份职业的意义,且将此意义点点滴滴落实到了一己生命的血肉真实之中。此外,我注意到田耳特别写了李可看月亮的情形,月亮"纠缠的光芒在地上结了一层白茧,给了他一种从未有过的宁静,就像在他体内某个最为柔和的地方抚摸他",他甚至不忍出声,怕"一出声就会弄破整片月光"。同样是看风景,如

2　鲁迅:《破恶声论》,《鲁迅全集》(8)第29、30页,人民文学出版社 2005 年 11 月。

果和当年路遥笔下高加林看高家村的风景作比照，况味完全不同。其实，"风景"一词在中国文学史上有过耐人寻味的词义迁变过程，据小川环树先生考证，"风景"最早见于晋文，其初义"本来并非单指目中所见之物而已，还包含有温暖的感觉这层意义"，据《说文》，"景"字本义原是"光"。但中唐以后，"风景"的词义发生变化，"景"字完全失掉了光明的涵义，仅仅成为景象、景致的同义词，当时的诗人们使用"清景""诗境""幽景"等词，"这意味着和外界隔绝而自成范围的一个孤立的世界。这里所称的外界就是官场、尘俗的世界。这一群诗人把自己关闭在这孤立的世界里，与此同时，也就不管世间俗务，独来独往，专从大自然挑选自己喜爱的'景'并以此构筑诗章"[3]。这群关闭在孤立世界里的

3　小川环树：《风景的意义》，《论中国诗》第 15、43 页，谭汝谦等译，中华书局 2017 年。

诗人，可能就是柄谷行人所谓"内在的人"的雏形，也是高加林的先辈；我敢肯定李可不同于此，他站在"风景"的源头，那是一片光明辉映、互相拥抱的"温暖感觉"，那是李可对乡土的热爱与尽责。

田耳的才华是多方面的，从其天性来说可能也不喜欢强攻创作的单一面向。在我的记忆里，他早年的中短篇，如《衣钵》这样的温暖亮色并不普遍，晦暗、反浪漫、拒绝抒情倒是让读者过目难忘。

我们每个人都有可能像《围猎》中参与"围猎"的那群人一样，无意识中聚拢为群体，赏鉴一幕人性恶的发作。田耳的高超之处在于进一步指出，旁观者也会刹那间转变为受害者，他人即地狱。对于《最简单的道理》中的小丁而言，除了打架的社会青年外，连老师、同学甚至父亲，都意味着暴力和欺骗。更进一步，每个人都面对着整体性的暴力循环，依据即时的强势或弱势地位，扮演施暴者或受害者，比如徐老师在被体育生们揍了一顿之后，转而将内心淤积的愤怒和不满情绪发泄到了更为弱小的小丁身上。如何突破这一无尽的暴力循环呢？传统社会主义时期自上而下型塑青年人三观的力量早已被瓦解，田耳的小说中也从来不存在含混不清地回返"革命年代"以寻获精神乌托邦或想象性解决的方式。那么本该维护正义和秩序的体制力量呢？考虑到《事情很多的夜晚》中将椅子踹散放火取暖的警察，尤其是《独舞的男孩》中"毛茸茸的警察"追查反标时，那只探向姚姿胸口的、"硬得像一把鞋刷"般的手，你就知道田耳对这样的力量完全不抱信任，他甚至还要在《一个人张灯结彩》的末尾给多行不义的刘副局胸窝子插上一把刀以实现"诗性正义"。当然我们不应忘了老黄，不过他的存在就好似暗夜风中明灭的孤灯，既要和刘副局保持距离，又要时时提醒小蔡等青年警员不走歪路。《最简单的道理》中，从来没有主动伤害别人的只有小丁，他是突破循环的希望吗？在小巷里听到"呼叫的嗓音"

时，小丁选择"软软地站着。除了抽自己两三个耳光外，他什么也不能做"。这是一个耻辱的时刻，我想起电影《非常夏日》（路学长，1999）中也有类似桥段：主人公在面临绝境中求助的少女时出于胆怯而无所作为，此后一直忍受自责的煎熬。直到再一次面临生死考验，主人公从被囚的汽车后备厢里赤手拧开螺丝，伸出血肉模糊的手，最终使得自己和少女获救，"完成了以自己的血肉为祭祀品的成长仪式"[4]。《最简单的道理》本也可以视作一部成长小说，但是田耳并没有给出壮烈的自我救赎，结尾处小丁躲在卫生间陶醉地尝试社会青年"教他的那个方法"，完全是一副鲁迅所谓"坐稳了奴隶"的模样。

在《寻找采芹》里，五十二岁的廖老板高踞财富、权力的金字塔顶，睥睨天下，甚至要教诲被他

4　陈旭光：《第六代电影：青年文化的表征》，《存在与发言》第 242 页，北京大学出版社 2015 年 6 月。

污辱与损害的李叔生"你他妈应该愤怒一点"，后者"眼仁子里压抑着的东西"暗示出残存的尊严，但这并不导向任何道德的自省，李叔生以接受廖老板十万元的方式，如合谋一般巩固了金字塔原先的等级秩序，没有一丝改变的可能。有意思的是，采芹似乎是个毫无内心生活、空具丰满肉体的女子，然而小说中廖老板唯一一次感受到冒犯，恰恰来自青春肉体，"当一个二十岁的女孩问'我是不是老了'这样的问题时，一个五十多岁的男人应作何回答？"不过，唯有以自然生命的平等来反抗社会性的不平等，这到底是一种策略还是无奈呢？

无边荒寒与死寂中
为自己争来一束微光

　　谈田耳的中篇，《一个人张灯结彩》无论如何不能错过。在这部小说中，每一个细节无不得到层叠的铺垫、坚实的展开。比如那顶帽子，是老黄破案的转折点，也是局中人走向迷途的引线；帽子联系着小于、钢渣和于心亮，三个孤苦的人凭借着帽子抱团取暖，却也最终因此铸成惨剧。我读这篇小说仿佛看见一棵树，内部密实的细节汁液饱满、生气灌注，所以整体上亭亭如盖、枝叶扶疏。我所说的细节，不仅是指帽子这般贯穿始终、直接推动情节发展的细节，还包括那些隐微闪烁于字里行间却"带着电"的细节。《战争与和平》里的一幕，皮埃尔被法军俘虏，即将面临枪毙，排在他前面的是一个十八岁的瘦削男孩，被蒙着眼睛，但是就在行刑前，"他整了整后脑勺的结，让它稍微舒服一点"。这个带电的细节击中了詹姆斯·伍德，好像是被"闪电点着了一样"，他感兴趣于"托尔斯泰这位决定论者"对这个看似"诡秘无意义"的动作所设定的意图：男孩在临死前去拨弄眼罩，"是在行使自由的最甜蜜犒赏呢，还是在对那个不舒服的结做出无奈的反应？无论是哪一种方式，另一个人的绝对个人中心，必然给了自负的皮埃尔以启示。在这段经历之后，他对他人之间差异性的感知开始增强。那位男孩调整了他的蒙眼布然后死了；皮埃尔，形象地说，调整了蒙住自己眼睛的东西然后活了下去"[5]。

老黄和小于最后一次照面，小于怀揣积蓄去骗子那里买一张"A级特赦证"，小于"似乎不信——她脸上毫无喜悦。但看情况，仍打算扔几千块钱买这注定没用的A证"。就在交易之际，警察赶到，老黄把小于带了出来，放她走，此时，小于"怨毒地盯老黄一眼"……读到这个细节的时候，真是悚然一惊，同样恍若被闪电击中。整篇小说里，哑巴

5　詹姆斯·伍德：《私货》第184、185页，冯晓初译，河南大学出版社2017年10月。

小于都处于他人的观察与窥视之下：老黄刮脸的时候会睁眼看"小于俊俏的脸"；钢渣"坐在窗前往对街看去，哑巴小于老是在眼前晃悠"；警员小蔡也曾爬到理发店面对街的楼顶上，监视小于的日常生活和周围情况……当然你会说这实不足怪，我们每个人都处于他人目光的环视下，"你站在桥上看风景，看风景人在楼上看你"。但哑巴小于的情形依然是不同的。比如老黄和钢渣也曾被对方观望，"老黄要走时不经意瞥了钢渣一眼，就像超市的扫描器在辨认条形码，迅速读取了钢渣的信息。那一瞥，让钢渣咀嚼好久，从而认定老黄是胶鞋（警察——引者注）"，电光火石的眼锋交错之后，老黄和钢渣都"读取"到了对方的信息，这是一种基于等势的对峙，"老黄终于看到钢渣，钢渣也一眼瞥见老黄"，被观望者对自身处境有清醒认识，同时在潜意识中给观望者预留了一个位置，双方处在互动、平等的行为关系之中。这种关系在小于那里几乎不存在，她每每在不知情的情况下置身于视觉单向性的窥视下。在哥哥于心亮的葬礼上，小于又被老黄瞥了一眼，"她好半天才回瞥一眼，认出这是个老顾客"，迟钝的反应也暗示着被动。"老黄目光厉害，说像照妖镜则太多，说像显微镜那就毫不夸张"，钢渣也有同样"厉害"的目光，在他们的注视下，小于的心迹无所遁形。当警察们设计带着人像拼图专家去找小于时，老黄甚至心起怜悯："小于太容易被欺骗了，太缺乏自保意识，甚至摆出企盼状恭迎每个乐意来骗她的人。既然这样，何事还要利用她？"上面的这些列举，只是为了回到小于"怨毒地盯老黄一眼"这个细节，我甚至觉得，田耳在全篇中刻意写那么多视觉的交锋和布局，只是为了小于最后怨毒的一眼，这是主动的、自由的、完全逆转了不平等关系的一眼，这是这个沉默的女人对于孤独决绝的抗争，哪怕是意识到失败的抗争，我简直要说这是惊心动魄而壮烈的。老黄那"厉害"如"显微

104

镜"一般的目光，也断然无法招架小于"怨毒的一眼"；作个类比，就像鲁迅笔下的"我"无法招架祥林嫂那一声关于"灵魂有无"的逼问。

　　由小于这"怨毒的一眼"过渡到小说末了"山顶太黑，风太大，忽然露出一间挂满灯笼的小屋"才顺理成章。这个结尾让我想到田耳的乡贤沈从文，《边城》的结尾是"这个人也许永远不回来了，也许明天回来！"这里的语序排列和标点选用都在提示读者：并非无望的等待，是在"困难中微笑"[6]。把《边城》理解为精致、唯美的田园诗，体会不到其背后隐伏的悲哀，这是看轻了沈从文的文学；同样，浸溺在悲哀与隐痛中，体会不到微笑的力量与挣扎向上的生命力，同样看轻了沈从文的文学。"一个人张灯结彩"也不是无望的等待，那是小于

6　参见张新颖:《沈从文精读》第 105 至 107 页，复旦大学出版社 2005 年 9 月。

身体深处的呐喊，在无边的荒寒与死寂中为自己争来一束微光。这篇小说的主题是孤独，每个人都有不同的应对孤独的方式，钢渣在孤独中盲动，小于在孤独中不甘心而挣扎，老黄是在对世界本相有了清醒体认后的坦然领受。但是就像小于最后以怨毒的一眼奋力向老黄作出回应一样，田耳并不让老黄希望的"必无"去勾销小于希望的"或有"（尽管从田耳本性来说肯定接近老黄的立场），这是小说家的卓越之处，他平等地容纳了多种声音。

《长寿碑》所收入的三部中篇，写现实的荒诞与人心的荒诞，无疑都是鲜活、启人深思的作品。不过读后还是有些不满。比如《被猜死的人》，小说对侵入日常生活骨髓之中的权力运作法则的揭破，并非仅仅指向对权力的声讨，与其说田耳要给出一部关于专制、群氓与革命互相角力的教材，毋宁说要探讨人心、自尊等近乎"形而上"的主题，梁瞎子被"坏老头"们推搡后踉跄离开的背影、小陈收取红包时的喜悦与紧张、老朱咬牙切齿的脸，无不铭刻着人心理承受力的溃解和精神变异。在最直观与外在的层面上，小说写养老院的打赌游戏，同时以敏锐的洞察与想象，切入日常经验形态，过渡到养老院一众老人的生存心理与精神品性的展示，最终却将权力驱动的欲望法则、人性异化与权力运作机制之间的合谋、缠夹，抽丝剥茧地剖析出来。然而我感觉意犹未尽的地方在于，读者从一开始就隐约猜到养老院是田耳搭建的一个实验场（开头关于养老院迁址原委的交代，自然可视为起兴），随着阅读的展开不断强化这种印象；于是乎，起承转合之间虽看得出匠心，但也不乏机巧的"设计感"。韦羲《照夜白》里写过一段：和朋友在夏日午间听音乐，音乐从钢琴转向古琴，朋友忽然遥指窗外，说蝉声好听。其实蝉鸣一直不止，直到古琴声响起，朋友才有了反应。"古琴是声音与寂静同在，随处留空白，不似钢琴宏大的占有性，把空间都填满了。"[7] 读《长寿碑》中的诸篇，有如听钢琴，钢琴声满满地"占有"着听众，听众虽也尽兴投入，但时刻意识到这是密闭的舞台表演，于是气闷的时候就想去看四壁上的窗户。

而《一天》真是杰作，那是拆了舞台，站到旷野上，听八方来声，细微处嘈嘈切切，绵延时如洪流般从天地间涌来……

◇　八方来声　◇

《一天》把读者带到中国广袤内陆的某座小城，聚焦发生在二十四小时内的一场风波，起因是高中女生在宿舍跳楼，然后迅速以家属、学校为对峙双方集结阵营。随着各色人等加入双方阵营，这场纷

7　韦羲：《照夜白》第 25 页，台海出版社 2017 年 1 月。

争也持续推向高潮，可高潮又是毫无意义的，在责任认定纠纷的背后，在人情与法理的尽头，说白了，就是针对赔偿金的扯皮，可是任何公式都无法换算出一条生命的等价金额。

这篇小说涉及一场极端事件，但田耳全然收敛去一般作家在处理类似题材时的夸饰。李长之先生在分析《红楼梦》时指出："在材料的采取上，……并不在你如何选择那奇异的，或者太理想化的资料，却在你如何把平常的实生活的活泼经验拿住。"[8]同样，田耳关注的不是事件"奇异的"开端和结局，而是绽放出"平常的实生活的活泼经验"的整个过程，就像门罗说的那样："一篇小说不是一条要走下去的路……它更像是一座房子。你走进去，在里面停留一会儿，左右转转，在你喜欢的

8　李长之：《〈红楼梦〉批判》，《李长之书评》（四）第 41 页，河北教育出版社 2006 年 9 月。

地方停下来，去发现那些房间和走廊如何互相联通，去体会窗外的世界从窗内观察有何改变……" [9] 左右转转，在喜欢的地方停下来，小说不是笔直到底的通衢，而应当"是一道流水，大约总是向东去朝宗于海，他流过的地方，凡有什么汊港湾曲，总得灌注潆洄一番，有什么岩石水草，总要披拂抚弄一下子才再往前去，这都不是他的行程的主脑，但除去了这些也就别无行程了" [10]——借这段周作人对废名行文的譬喻，我们也可以说，《一天》的意义不在"朝宗于海"，而是但凡流经的地方，总舍不得轻轻放过，必得"灌注潆洄""披拂抚弄"。小说中各色人等在介入这场纷争的过程中，带出鲜活多样的性情、气质、形状，带出每一个人沉浸于挣扎于

9　芭芭拉·伦戴尔：《爱丽丝·门罗："用心去看"》，林源译，《东吴学术》2014年第1期。

10　周作人：《莫须有先生传序》，《苦雨斋序跋文》第111、112页，河北教育出版社2002年1月。

其生命现场而积淀出的那部分世故、原则与智慧，带出每一个人在各自生存境况中具体琐屑甚至鸡零狗碎的信息。比如，病房里忽然闯入一位老者和四个着护工服的妇女，原来他们承包了丧葬一条龙服务，"这四个女人，身体总有一突出的部分，比如说，斜肩、罗圈腿，或者并非怀孕而凸起的将军肚……长相纵有差别，神情却意外地统一：虚白脸色，垂塌的眼皮，还有五官七窍处处皆在的呆滞"，带头的老者苦苦哀求家属："这毕竟是……毕竟不是人人都愿意干的事情。我们先前也不打招呼，闯进来，确实冒犯了你们。但是，就连这种别人厌弃的营生，我们还要想尽办法争取到手。你们看看这几个女的，全是猪不吃狗不要的剩货，她们只要能找到别的事情，哪肯来干这个？天天干这个，你以为男人不嫌弃，儿女出门不丢脸？只是为吃一口饭。"我们在"习焉不察的日常生活中"，可曾注意过这份职业、这类人？他们被时代所淹没，但恰恰又是"时代的广大的负荷者"啊。

《一天》表现的事件是哀苦的，但是除了少数几处情感的宣泄外（比如跳楼女孩的父亲以砖砸手），田耳的叙述节制而不动声色。仿佛电影中的长镜头，客观呈现存在于眼前的事物，尊重在特定时空中登场的各色人等，自由地让每一个展示其意愿、心态与选择——哪怕他们出于对立立场而彼此冲突；而在这长镜头的背后，我们看到政治、经济、生活方式、人际关系、伦理道德等一切如何对个体施加改变的力量。借上文所引门罗的譬喻，田耳"左右转转"，悉心打量"房间和走廊如何互相联通"、"窗内"和"窗外"的世界"有何改变"……这些改变的讯息也许是细微、缓慢的，所以经常为旁观者所忽略，小说中每位登场人物的篇幅也着实有限，然而田耳在举重若轻中以管窥天，让我们拼凑、抢救出几乎被淹没的、每个人的"一个人的史诗"。

田耳的中国故事，关注的是三十多年来中国社会发展和结构转型等宏观经验（所谓"中国经验"）
底下的、国人的喜怒哀乐和内在精神的嬗变，他们
的欲求、愿望和人格在大时代的潮起潮落间面临何
种张扬和窘迫。田耳的小说告诉我们，文学的成
败，不在现实主义和日常生活之间的距离，而在于
如何牢牢把住"平常的实生活的活泼经验"。

　　行文最后我还是无法回答田耳的"小说之心"
是什么？试着以田耳笔下的人物来回答，我首先想
到的居然是采芹，前文中说这是一个没有内心生活
的女人，没有内心生活的另一面就是，他者的目光
根本无法穿透她的肉体，这是沉默而自在的肉体，
当你觉得理应悲苦的时候她兴高采烈，当你觉得掌
控全局时她会冷不丁地刺你一下，甚或毫无理由
地不辞而别。采芹在田耳作品中有着庞大的同盟，
有时表现为人物，比如《一个人张灯结彩》中的哑
巴；有时表现为一幕戏剧性的场景，比如《氮肥

厂》的最后，两个众人眼中的"衰人"，在工厂气柜的顶上快活做爱，甚至伴随着气柜的爆炸被顶上云端……这两个人各自领受着生活的限制，却偏要在不可能的限制中顽固地开掘出可能。这是"小说之心"绽放的一刻，机械而秩序井然的世界裂开了口子，田耳笔下的人物从社会现实的规定性中抽身出逃，朝向云端，朝向"人的无限性和高贵处"[11]……

2018 年 2 月 11 日

11　黑格尔认为人的意义正在于"有限"和"无限"的辩证统一："人格的要义在于，我作为这个人，在一切方面（在内部任性、冲动和情欲方面，以及在直接外部的定在方面）都完全是被规定了的和有限的"；但是，人的意义并不只在上述"人格"的向度上被穷尽，"人实质上不同于主体，因为主体只是人格的可能性，所有的生物一般说来都是主体。……人既是高贵的东西同时又是完全低微的东西。他包含着无限的东西和完全有限的东西的统一、一定界限和完全无界限的统一。人的高贵处就在于能保持这种矛盾，而这种矛盾是任何自然东西在自身中所没有的也不是它所能忍受的。"参见黑格尔：《法哲学原理》第 45、46 页，范扬、张企泰译，商务印书馆 1961 年 6 月。

有风自南：葛亮论

◇　身份的困厄　◇

《谜鸦》是葛亮的成名作之一，致敬希区柯克，同时也混合着爱伦坡的风味。类似题材往往是在理性无法诠释的疆域内渲染超自然的神秘力量，葛亮的高明之处在于，"大胆"地将感染弓形虫病的医学解释引入文本，但科学与理性的到场并未拂去读者心头的宿命与惊悚。"假如一个作家具有足够深刻的洞察力，那么任何人物都会表现出复杂和偏颇性"[1]，而辩证之处在于，小说对反常甚或疯狂人物

1　布鲁克斯、沃伦：《小说鉴赏》第141页，主万等译，世界图书出版公司2006年12月。

的呈现，应当超越特殊的病例分析报告，而洞察到具有普遍意味的生命真相。我对《谜鸦》略感不满的地方正在于，葛亮是在近乎抽象而封闭的视角内观察"魔怔"个案，而没有在纵深的时空环境和社会结构中照见身份认同错置的诱因。

从这个意义上来说，《退潮》提供的阐释意味似乎更丰富。如果要标明该篇在文学史上的谱系，首先会想到的参考坐标是施蛰存的《善女人行品》，同样关注衣食无忧的中产阶级女性在日常生活虚饰下所压抑的力比多与神经质。更有趣的对比或许来自刘呐鸥。"他的下巴很尖，狐狸一样俏丽的轮廓，些微女性化。嘴唇是鲜嫩的淡红色，线条却很硬，嘴角耷拉下来。是，他垂着眼睑，目光信马由缰。他抬起头来，她看到了他的眼睛，很大很深，是那种可以将人吸进去的眼睛。……她禁不住要看他。"葛亮这样描述"她"窥视下"他"的形象，很容易让人联想起刘呐鸥笔下的"摩登尤物"，只消置换安·多尼（Ann Doane）以下这段关于"尤物"论述中的性别所指，即可稳妥地移用于《退潮》：尤物是"一个散发着某种无边际不安的，预示着认识论创伤的人物。她最令人震撼的特性也许是，她永远不是她所表现的那个人。她所携带的威胁不是完全易辨的、可预见的或可把握的"[2]。刘呐鸥热衷的典型情节是：一个男性叙述主人公追逐摩登女子，但总是以失败告终，先前被对象化的女子才是游戏最终的赢家。尽管发生了性别置换（有趣的是葛亮依然将被窥视的对象"他"的外貌作女性化处理），但葛亮与刘呐鸥的共同点在于，他们颠倒了经典论述中关于主动／窥视主体与被动／窥视客体[3]的分立，葛亮甚至有意通过"他不卑不亢的对视"、

2　转引自李欧梵：《上海摩登》第 231 页，毛尖译，北京大学出版社 2001 年 12 月。

3　参见劳拉·穆尔维：《视觉快感和叙事性电影》，收入《外国电影理论文选》（下），李恒基、杨远婴主编，三联书店 2006 年 11 月。

后视镜中逼视的目光来混淆认知和欲望投射的方向，以此抽空了"她"不停地"禁不住要看他"而积聚起的主体性能量，为最终"他"的反制和"她"的幻灭做足了铺垫。不过，葛亮终究无心于刘呐鸥般的、流连于灯红酒绿的笔触，而从光怪陆离的城市景观内收进人物的心灵。由于身份特殊性（"大陆新娘"）所自然导致的委屈与悲愤，在日常理性的状态下压抑着她的身心渴望，这一渴望在阴差阳错的瞬间得以发泄，似乎是身份趋近"空白"的时刻赋予了她某种自由。然而反讽的是，她醒来后却发现身、物皆被洗劫一空。葛亮冷静地为身份重构的困厄提供了寓言。

在葛亮初期的作品中，《物质·生活》是近乎"向左走向右走"的都市浪漫小品，《私人岛屿》受到不少人赞誉，其实类似题材在安妮宝贝笔下会得到更纯熟的演绎。我更感兴趣的，倒是《无岸之河》与《德律风》。

《无岸之河》以青年人的视镜观察知识分子的中年危机，然而小说反映的那种绝非刀山火海般峻急、却身陷人事环境中撕拽纠缠而终至艰于呼吸的滞重，其实如标题所示夏加尔的那幅名画一般，接通的是人类的恒常处境，几乎每个人、每代人都会沉浮或挣扎于这条"无岸之河"中。比如，老婆为儿子入托而"折腾"，马上让我想起了多年前"小林"们（《单位》《一地鸡毛》）的遭际。不同的是，当年"小林"半夜起来看场球赛直播都招致老婆一顿叱责，而葛亮笔下的李重庆可以在客厅洋洋洒洒地写稿，"竟有些汪洋恣肆的意思"。当年刘震云把知识分子从形而上的玄思中一把拽出来，扔进生活的"一地鸡毛"，也正是"一地鸡毛"围困中的溃不成军反证了先前精神资源的贫乏、虚幻与不可恃。今天葛亮执着而不乏善意为知识分子保留了一方精神苏息的空间，不过问题也出在这里。李重庆和日常生活的关系若即若离，恰似他和神秘女子，"他的唇快要触碰到她的舌的一刹那，倏地弹开了"。叙述者也在确保主人公和生活、和周围世界的"弹开"：同门里"坚持逢年过节去看导师"的就他一个；同事在评职称时大作手脚他不为所动；老婆为了儿子入托找后门，李重庆"不言语，让女人自己去折腾吧"；末了面对诱惑时还能在意乱情迷的那一刹那坐怀不乱……就像小说暗示的，"李重庆突然想起，今天是鬼节"，周围都是浮尸游魂而举世皆浊唯他独清。我的疑问是：凭什么、为什么只有他享受了道德豁免权、确保自外于污浊环境的人格清白？由此他冷眼旁观的群鬼般的浮世绘，多大程度上贴近生活真相？进而，在缺乏投入生活的热望的前提下，与生活建立的关联，会否流于一种形式主义（比如李重庆和导师的交往）？别误会，我并不是要将这个"独善者"拉进天下乌鸦一般黑。我担心这份置身事外的从容，可能又是一种幻想；以李重庆为代表和生活世界构成的关系，较之以往只是退守，而非"对决"，其间少了直面和反思的力量。小说"写一个年轻大学教师的浮生六记"，作者是偏爱笔下主人公的，"这个人是个适可而止的人，对人的欲望是一点点，所以他容易满足"[4]。然而，这个人的"清白"与"自足"往往是靠抑制投入生活的热望、或如以赛亚·伯林所谓"退居内在城堡"而换取的："我希望成为我自己的疆域的主人。但是我的疆界漫长而不安全，因此，我缩短这些界线以缩小或消除脆弱的部分"，"退回到我的内在城堡——我的理性、我的灵魂、我的'不朽'自我中，不管是外部自然的盲目的力量，还是人类的恶意，都无法靠近。我退回到我自己之中，在那里也只有在那里，我才是安全的。……借助某种人为的自我转化过程，逃离了世界，逃脱了社会与公共舆论的束缚；这种转化过程能够使他们不再

4　葛亮：《小说说小》，《青年文学》2008 年第 11 期。

关心世界的价值，使他们在世界的边缘保持孤独与独立，也不再易受其武器的攻击"[5]。李重庆显然是个善良的人，我对这样的人物还吹毛求疵，原因也在这里：他并未建立与生活世界诚实的联系，暂且不说"转化"了知识分子对世界的责任，即便对自我主体的认知，也还欠缺一份"反身而诚"的省思。"企图'逃避'世界的虚华琐事，以便在与世无争的孤独中安享平静的生命，这种感伤主义—田园式的愿望是虚伪的和错误的。这种愿望的基础是一种暗自的信念：我之外的世界是充满邪恶和诱惑的，而人本身，我自己，是无罪孽的和善良的……然而实际上，这个恶的世界就包含在我自身之中，所以我无处可逃……谁还生活在世界中和世界还生活在他之中，谁就应当承担世界所赋予的重担，就应当

5　以赛亚·伯林：《两种自由概念》，《自由论》第 204、205 页，胡传胜译，译林出版社 2003 年 12 月。

在不完善的、罪孽的、世俗的形式中活动……"[6]以"我自己，是无罪孽的和善良"的信念和眼光来看待周围人事，无可避免地会觉出"无聊""浅薄"，无可避免地会将个人的存在从其置身的世界中、从其与周遭事物的交互关系中抽离出来……而实际上，"今天和当下的事业以及我对自己周围人的关系，是与我生命的具体性，与生命的永恒本质相联系的"。所谓"生命的具体性"，并不是抽象出"一尘不染"的"自我"，而是指一个生气淋漓有着生存欲望、无法将之从所置身的周围人事的复杂关系中抽离出来、转而在"不完善的、罪孽的、世俗的形式中"建立意义源头的现实个体。同时，正因为置身在一个广袤无边的生活世界中；所以这一生活世界，反过来提供给个体生长与自我更新的力量，成

6　弗兰克：《精神事业与世俗事业》,《人与世界的割裂》第 254 页，徐凤林、李昭时译，山东友谊出版社 2005 年 5 月。

全主体反省自身和实现自身，通过不断更新与丰富而获得存在的意义与可能。由此想来，"无岸之河"的标题看似悲观，却不妨视为警语，正如俗谚所云"在水中才能学会游泳"，尚未在泥沙俱下的生活之流中找到安身立命之据时，先舍掉不敢入水的清白，更抛去先行登岸的幻想吧。

《德律风》讲述十九岁进城青年与声讯台接线小姐的故事，两人素未谋面（工作地点一街之隔，"她"曾经隔窗"看过去"，保安队的列队中"有一个瘦高的男孩子"，短暂的一瞥，也只是"相逢不相识"），情节的动力源和结合点就在电话，"德律风"取自小说中这一关键物件的英文（telephone）音译。这个译法当然不源自葛亮，晚晴报刊上早就以此来直译"通过电信号双向传输话音的设备"；葛亮独抒新机之处，在于赋予"德—律—风"这一译词"形神俱善"的演绎，试逐一析解：首先论"德"。作为中国思想传统中的基本范畴，"'道'乃从天地万物之共同之本始或本母上言，即自天地万物之全体之公上言；'德'乃从道之关联于分别之人物言"[7]。"道"犹如经验世界中万事万物的价值、正当性的终极源头，"德"是"道"这一超越世界赋予具体个人的品质、特性。然而我们现在处于超越世界被去魅、解体的世俗时代，"德"与"道"的关联已断裂。小说中的这对男女，从与传统家族、地方的共同体关系中剥离出来，孤独地面对整个世界，小说写的正是原子化的个人在偶然间、借用特殊的交往方式（电话）相拥取暖。偏偏小说中的"他"是一"有德之人"，持守信念、和周围世界格格不入，"他"通过电话给"她"讲解电视节目，"每到出现类似三角关系或者第三者的情节时，他就会表现出难以克制的愤怒，骂骂咧咧起来。小满的解

7　唐君毅：《中国哲学原论·老子言道之六义贯释上》，引自韦政通：《中国哲学辞典》第 575 页，吉林出版集团 2009 年 10 月。

说是事无巨细的。在电视新闻与电视剧之间，有许多的商品广告。他会跟我描述他所看到的图像，然后在末了加上一句点评：都是诓人的"，可见这是一个质朴地残存着与超越世界的关联的个体，但恰恰是这一个独特个体在"德"已普遍失"律"的环境中被吞噬了。其次论"风"，《诗大序》从"风"字本义，将诗三百中的这一部分与风化、风刺相关联，小说中发生在声讯台和娱乐城间的活剧，不啻一幕谏诫。此外，儒家推重德必出于本性[8]，偏又是唯一一个"天性自然"的小满，最终被文明世界的法律所惩戒，又是一重讽刺。其实今人对国风的理解，一般遵从朱子的解释："风者，民俗歌谣之诗也"（《诗集传》），"风则闾巷风土、男女情思之词"（《楚辞集注》）。小说中电话里的窃窃私语，正是

8　参详钱穆：《灵魂与德性》，收入《晚学盲言》，广西师范大学出版社 2004 年 6 月。

起于民间素朴的"风"。它们忽断忽续，当然不是黄钟大吕的"时代主旋律"，莫说声音和电话时常被打断，即使人的命运在急遽转换中也身不由己；但这两位平凡男女的对话却又若远若近、余音不绝，艰辛中的互相安慰，本就深沉而感人肺腑，何况接通的还是千百年来地久天长的心弦："君子于役，不日不月""行迈靡靡，中心摇摇""肃肃宵征，抱衾与裯"……纵有时代之隔，但离家的无奈、挣扎在生活边缘无有穷尽的艰辛、独自品嚼的苦痛，何有二致？再次，"凡民函五常之性，其刚柔缓急，音声不同，系水土之风气，故谓之风"（《汉书·地理志》），小说中驱遣方言活灵活现，还特意拈出"电影话"和念信时"有的话，写得出，却念不出来"的细节，兴许正是在表现语言与"风"的关联。还有，小说以男女二人的电话通话为核心，各自经历只是略为延展，并无纵深的篇幅以供创作者闪转腾挪。而从"记事"而言，进城打工仔的挣扎与覆亡在类似题材（所谓"底层文学"）中已得到过度演绎。《德律风》最打动人心的，却是由电话组织起的日常事件和通话过程中突然跃出的瞬间情感体验，比如"依赖"——"有时候小满说累了，就把电话话筒放在电视机旁边，让电视的声响尽可能地传进我的耳朵。这时候，我听到很小的咀嚼的声音。"歌唱瞬间感受的抒情诗，这原是《诗经》在中国文学开端之际奠下的底色吧。

葛亮初期的这些中短篇予我两个印象：首先，作家的专业精神已经在其创作中初露头角，这还只是练笔阶段，却为日后创作打下了坚实地基。如何为《朱雀》这般浩大的历史画卷中故事的可能性提供逻辑感和说服力，更能考较作家的专业精神。大到南京城的地理沿革、国民政府"新生活运动"中的灭蝇、"文革"期间巨幅宣传画上由哪些国家的人民组成"全世界阶级兄弟心心相印"；小到哈迪逊大楼底下一张飘到叶楚生脸上的传单纸、艰难岁月里的持家细节（绑了棉花球的筷子，往油瓶口"码一下，在锅里走上一圈"）……无不安排得有板有眼。

此外，据云朱天文曾笑说葛亮有颗"老灵魂"，王德威也指出《谜鸦》之类的作品"颇能让我们想起30年代上海新感觉派作家如施蛰存的《梅雨之夕》《魔道》"[9]，方家之言，此之谓也。青年作家都必须面对如何处理断裂和延续的问题。一方面是刺穿主流文学坚固的肌体并在其"井然有序"的内部引起震撼；另一方面，异质性的因素终将回复到文学传统的脉络中，此时就应容纳昆德拉所谓"小说精神"的"延续性"："每部作品都是对它之前作品的回应，每部作品都包含着小说以往的一切经验。"[10]与同代作家相比较，葛亮在初期的写作中完成的

9　王德威：《归去未见朱雀航——葛亮的〈朱雀〉》，作为"序言"收入《朱雀》，作家出版社2010年9月。

10　昆德拉：《小说的精神》第24页，董强译，上海译文出版社2004年8月。

主要是后一方面的工作。以其个人而言，葛亮是世家子弟，一招一式法度谨严，家学、师承隐然可辨，却让人更多期望眼前一亮的新意。读完《谜鸦》等篇之后，我在等待一部神完气足的作品。

◇　寻其所自与自我教育　◇

"最早写小说时，我比较重视所谓'戏剧性'元素的存现。并且，对于实验性的写作手法，也有付诸实践的愿望。这些都是形式层面的东西，甚至我有篇小说，标题叫作《π》，可以说，是对这一时期写作取向的概括：未知，开放，交错，无规律，是我当时对文学乃至生活的认知。到了《七声》，首先我在文字审美方面有了新的转折。这也决定了我叙事的态度，更加接近一种真实可触的、朴素的表达。"[11]为什么到了《七声》阶段，一个一度热衷于戏剧性、形式实验的作家开始变得"素面朝天"？

读者都会觉得《七声》是部"自传"或"准自传"，我想葛亮不会否认这样的说法。写自己的家庭、成长环境，成长路上遇到的人和事，他们往来于毛果的生活，一方面见证着毛果的成长，另一方面，毛果又以"一双少年的眼睛"记录一切的变化与沧桑。葛亮写过一篇谈读诗的短文：少年的时候，很爱泰戈尔《飞鸟集》的辞句，精简与朴素，"意境却说不出的阔大"，成年后，也读诗，"这时的诗歌已渐渐成为多元与纷扰的意象，有许多的精彩，让人应接不暇，但同时，也会迷失其中"[12]。以此来参照《七声》的写作即可知，回到"真实可触的、朴素的表达"并不只是外在叙事技巧

11　葛亮、张昭兵：《创作的可能》，《青春》2009 年第 11 期。

12　葛亮：《路过尘世》，《读书》2009 年第 4 期。

上的关怀，而是寻向自身时的"复得返自然"。文学作品并非"如是我闻"的实录、并非经验的透明呈现，不过《七声》确实有着更为根本、内在和诚恳的精神需求，走到这个阶段，温习个人生命发展路途中的历史和现实。一个三十岁上下、虽已发表了不少作品而备受瞩目、但"文学地位"还有待进一步确立的青年人，却写出一部自传，我想到的是《从文自传》[13]。两者不能硬相比附，互通之处在于：通过对过往纷繁经验的重新组织和叙述，通过追索生命的来路，尤其是周围的人和事在这一来路上投射下的光影，来塑造、确立起"自我"。当然，这个"自我"并非一劳永逸地完成了，还要去应对各种烦恼和挫折，但至少《七声》为可以触摸的将来（生活和写作两方面）作好了准备。对于

13　对《从文自传》的理解，可参照张新颖：《沈从文精读》"第一讲"，复旦大学出版社 2005 年 9 月。

很多青年作家来说，当他／她攘臂争先地冲出起跑线老远的时候，还没有、或无意于尝试上述"寻其所自"的工作。

今天不少青年作家笔下的自我形象往往显得很单薄，当然这一"单薄"是历史性的"单薄"，伴随着"总体性社会"的解体，在当下世俗生活中，人不仅在精神世界中与过往的有生机、有意义的价值世界割裂，而且在现实世界中也与各种公共生活和文化社群割裂，在外部一个以利益为核心的市场世界面前被暴露为孤零零的个人。不过除外部原因之外，自我形象的单薄、狭隘、缺乏回旋空间，也与写作观有着莫大关联。葛亮对此是有自觉的，在一次访谈中被问及："当代中国青年作家身上最缺乏的东西是什么？"葛亮的回答是："我们生长在和平的时代，是值得庆幸的事。但同时，生活难免被格式化与狭窄化，这对人生观念的影响也不可低估……写作既为表达自己，更是为一己之外的所在。"[14] 卢卡契曾揭示一些文学"否定历史采取两种不同的形式"："其一是主人公紧闭在本人的经验范围之内。对他来说——显而易见不是对他的创造者来说——除自身之外没有任何先在的现实作用于他或承受他的作用。其二，主人公本人没有个人历史。他是'被抛到世间来的'：毫无意义，神秘莫测。他并不通过接触世界而有所发展；他既不塑造世界，也不为世界所塑造。"想一想我们今天的小说创作，其中充斥着多少"紧闭在本人的经验范围之内""没有个人历史"的主人公啊。也许正是面对这样的困境，雷蒙德·威廉斯才重申"体现在伟大传统中的现实主义"的一个"检验的准则"："具体地表明从思想到感情，从个人到社会，从变动到安定之间的生

---

14 葛亮、马季：《一均之中，间有七声》，《大家》2009 年第 3 期。

气勃勃的相互渗透关系。"[15] 一均之中，间有七声，
"他们在我身边一一走过，见证了岁月的变迁。我
愿意步履我的成长轨迹，用一双少年的眼睛去观
看那些久违的人与事"[16]，葛亮以这种方式敞开自
我，与"有意义的他者"不断对话、同忧乐、设身
处地思考对方的处境，由此记录、也促成"生气勃
勃的相互渗透关系"。

细察这组"有意义的他者"形象，无不是普通
人，从底层市民到打工者、上访者、偷渡客、妓
女、小贩……他们有各自的隐痛、在生活的波折中
浮沉，也在瞬间迸发出人性辉光；他们有性格缺
陷，却都兢兢业业地去承担自己的责任，这个时
候，任何平凡人的生命都会禀有一种不平凡的庄

---

15 乔治·卢卡契：《现代主义的思想体系》，雷蒙德·威廉斯：《现实
主义和当代小说》，参见《二十世纪文学评论》（下）第 201、352 页，
戴维·洛奇编、葛林等译，上海译文出版社 1993 年 5 月。

16 葛亮：《七声》"自序"，作家出版社 2011 年 3 月。

严。葛亮倾听着他们的悲喜投入洪流时激起的细微声响，小弦切切，自然比附不得黄钟大吕，"他们的声音尽管微薄，却是这丰厚的时代最为直接和真实的见证……这些人'正是行走于街巷的平凡英雄'，他们的伤痛与欢乐，都是这时代的根基，汇集起来，便是滚滚洪流。"[17]《七声》中写到不少手艺人，泥人彩塑、木匠活计，民间所谓"一技之长可以防身"，不是文人雅士"无用大用"的艺术。所以当爸爸看到泥人尹摊子上的货品，不由赞叹"这是艺术"，尹师傅却"沉默了一下，手也停住了。说，先生您抬举。这江湖上的人，沾不上这两个字，就是混口饭吃"。手艺是切身的，天天上手，内在于日常生活，是一个人与世界最基本的打交道方式。也借此方式置身在日常世界中，养家糊口之外，同时得到自身应对命运的、不息流转的力量。由此手

17　葛亮、马季：《一均之中，间有七声》，《大家》2009 年第 3 期。

艺紧密附着于百姓日用，又多少含有安身立命的味道了。所以手艺与艺术其实也有沟通，投入的都是制作者有情的生命全体，如沈从文所说："看到小银匠捶制银锁银鱼，一面因事流泪，一面用小钢模敲击花纹。看到小木匠和小媳妇作手艺，我发现了工作成果以外工作者的情绪或紧贴，或游离。并明白一件艺术品的制作，除劳动外还有个更多方面的相互依存关系。"[18] 葛康俞先生是著名的艺术史学者，葛亮几乎每部创作都不忘题献给这位祖父，自小耳濡目染，我想他肯定体会得到沈从文的意思。除泥人尹、于叔叔之外，我们切莫忘了《朱雀》中出场不多的"关键人物"洛将军原也是位手艺人：

　　将军说完，打开一只精致的工具箱，

18　沈从文：《关于西南漆器及其他》，《沈从文全集》（27）第 22 页，北岳文艺出版社 2002 年 12 月。

取出一把锉刀，在小雀的头部缓缓地锉。动作轻柔，仿佛对一个婴孩。

铜屑剥落，一对血红色的眼睛重见了天日，放射着璀璨的光。

将军长舒了一口气，说，这对红玛瑙，是我满师那天，亲手镶上去的。

这是《朱雀》曲终奏雅的一段感人文字，全篇主旨和盘托出，其中何尝不流淌着沈从文所谓"相互依存关系"呢。

把《七声》理解为"自传"，问题又随之而来：作为传主的毛果，何以竟是小说中一个串场人物，非但戏份不足，而且在其余一干人物过目难忘的形象衬托下，毛果却显得性格寡淡、面貌苍白。不妨以《阿霞》中一个细节为例。阿霞久未露面，"又过去了一年"，阿霞弟弟有天打来电话有事请托，毛果顺便问及——

你姐姐怎么样了？

他说，结婚了，男的也是个脑子有病的，跟她很般配。

我有些错愕，说，你姐对你很好，你怎么这么说她。

他冷笑了一下，说，好？我怎么没觉得。别人家里人都会给小孩作打算，通路子，我家里的就只会给我找麻烦。

叙述及此已经无法再延展，你能想见电话那头毛果此刻的反应，必然是无语、无言以对。《阿霞》的广受赞誉，可能也出于无意中与那时蔚为壮观的"底层写作"一拍即合。我对这个概念不甚了解，经常在脑海中浮现的，却是这部小说多次渲染的"我"被"围观"的情形：工友们看着"我"，阿霞更是目光"一路逼视"，经常"定定地看我"，"大而空洞的眼睛却是要将我吸进去一样"，"我"被看得

141

心生"恐惧"、"心里发毛",终于一路发展到阿霞弟弟的"冷笑"……整篇小说,在"逼视"与"冷笑"之下,"我"不由显得无言以对、苍白无力。历来中国的知识精英习惯于居高临下的审视,遇到围观的情形,反思的也只是围观者的"麻木不仁"。我经常会想到的例子是茅盾的《虹》:"有一天从学校回家,梅女士瞥见什么书报流通处的窗橱里陈列了一些惹眼的杂志,都是'新'字排行的弟兄。封面的要目上有什么'吃人的礼教'等类的名词……"这是非常典型的"五四"时期知识青年的长成,梅女士一方面热烈地追求新知,另一方面"向四下里张望,心里鄙夷那些昏沉麻木懒惰的同学",而她现在终于从这样的国民群体中超脱了出来……当梅女士们张望周围依然"昏沉麻木"的群众时,她使用了一种双重作用的"眼光",这样的"眼光"不仅发现了周围"愚弱的国民",也重塑了超然其上的"自我",进而赋予这一"自我"假想的领导权。这样的"自我"往往陶醉于"独自觉醒"的优越感，从《无岸之河》中李重庆所建立的与生活世界的关系可知，李正是梅女士们的后代。重大的例外来自鲁迅的《祝福》，"她那没有精采的眼睛忽然发光了"，"眼钉着我"，而"我很悚然"，"背上也就遭了芒刺一般"，"吞吞吐吐"之后"匆匆的逃回"。当面对祥林嫂的逼视与追问之时，"我"先前想必如梅女士们一般的优越感和领导权刹那间崩塌，然后只有"踌躇"、中断……现在我们遇到了毛果，这是又一次有意的沉默，有意裸露的空缺，文本的未经讲述和人物的形象苍白，恰恰意义重大。

要理解此处"苍白"的意义，还必须结合《七声》中的相关内容，其中渗透着新的时代因素。不妨从毛果的家世说起。父亲是高级工程师，母亲是大学教授，家里茶几前挂着倪元璐的山水；"我"自小上的是"从中班开始上英文课"的重点幼儿园（注意不是现在而是 20 世纪 80 年代初期）；大学毕业去实习，"爸有个同学老刘在台里做副台长，去了就把我安排到新闻部"，且可以不遵守实习生把收到的红包交给老记者的惯例，因为主任说了："你的我却不敢要"，"你是刘总的人"……最重要的是，毛果的父母经常为周围人"排忧解难"，有时甚至给周围人的生活带来巨大转变：比如，当爸爸出面之后，安原先勒令退学的处分被改为留校察看；为于家子女办借读，其中儿子长大后"偷了人家几枚教练弹"而触犯刑律，"爸爸赶紧托了关系，请了人"，过了两天人被保释出来；于守元想开个书报亭，邮局在该地区网点"代理位置正是空缺的"，恰巧爸爸"有个朋友在邮局"，"想法一说，两下都是爽快人，当时就把合同签了"；尹师傅的摊位遭人捣乱，附近派出所王所长又"恰巧"是爸爸的票友，于是被毛果拉来伸张正义；还给尹师傅牵线搭桥建起工作室，"于是过了些时候"，尹师傅在"南京城最早期的高档楼盘"买了房……兴许接下来这几个细节更不为人所注意：妈妈送了两条丝巾给于家女儿，"燕子十分欢喜"，"妈妈一时受了鼓舞，又回了房去，拿出一件雪花呢的大衣来，说，燕子，这个也送给你妈妈啦"，然而燕子却"脸红了，嘴里吞吐着，突然说，阿姨，这衣服太过时了"……还有一次在于家做客，于叔叔拿来"大块卤得鲜红红的肉，他切下一块来塞到我嘴里"，"我连连点头。于叔叔就说，是狗肉，很鲜的"，顿时，妈妈神色"变得很紧张。因为这种肉，是在我们家日常食谱之外的。她连忙问，干不干净啊？"……这显然是两个出人意料、尴尬的时刻，呈现出"亲密无间"底下的某种裂缝，进而将父母的"无所不能""排忧解难"拖入了充满反省性的视域中，我以为这些细节中包含着毛果以及作家的诚恳与反思。

《七声》中的毛果很容易被理解为一个"取景器"，由"我"的视野管窥天地万物，然而读者在关注"镜象"和"镜外的世界"时，往往忽略了"取景器"本身的质地与意义。我们必须把上述那些内容包容进去，重新理解毛果形象的苍白。实则这里形象的苍白并不是空无，而是面对"逼视"和"冷笑"时思维停顿的一刹那，其中却有丰富的内容：为什么"我"的父母总是"乐善好施""排忧解难"且屡屡奏效？这是否已然揭示在今天中国，不同群体在表达和诉求自己利益的能力上显然存在的巨大差异，强势群体的各个部分不仅已经形成了一种比较稳定的结盟关系，且具有相当大的社会能量，对整个社会生活辐射重要影响（所谓"赢家通吃、包打天下"）。"我"的家庭和父母为人正直、善良，却无疑属于强势群体一方。"我"又显然"命定"地继承了上一代所提供的、在社会结构中的位置；在"我"眼前展开的是一幅中产阶级式的理想、伦理以及生活方式的甜美画面。身处这一位置，当面对阿霞弟弟为代表的弱势群体的野心与冷笑时，"我"几乎无力回应：能够以何种态度面对逼视呢？"我"有资格去"批判"阿霞弟弟对自身欲望和利益的追逐吗？如果可以，这种批判应当建立在什么样的资源之上？迎着他的"冷笑"，"我"又能提供何种针锋相对、另辟新路的人生逻辑？即便退而求其次，"我"还能拥有《无岸之河》中李重庆那份置身事外的余裕和清白吗？正是因为上述一连串的内心纠结暂时无法清理、排解，所以毛果的外在形象必然呈现出苍白。阿霞的弟弟诚如论者所言是"一个充满欲望野心的当代版于连"[19]，然而新意不在此处，我们必须把目光倒转，结合上述追问，重新理解在阿霞的"逼视"与弟弟的"冷笑"之下，"我"的"恐惧""心里发毛"和"觉得自己好像前世亏欠了她"……

毛果未必能自外于支配性的社会结构和意识形态，但是在犹豫、困惑之后，他终于有了行动，当阿德受伤休克时输入自己的血（《阿德》），从

19　韩少功：《葛亮的感觉》，作为"推荐序"收入《七声》。

此，他者的苦难里有了"我"的一份承担。《七声》中有不少上述象征性的节点，在讲述"我"的成长与"有为"。这是葛亮的又一处贡献，我们终于看到了一个不断自我质疑而又具备能动性的青年。在今天的社会里，一个目标明确而眼神冷酷、如阿霞弟弟一般的"奋斗者"，或者一个绝望到"出门即有碍，谁谓天地宽"的被压服者，都无心于毛果式的苍白，以及这份苍白中的自省，更无心于自省后的"有所作为"。这是今天我们缺乏真正意义上成长小说、教育小说的原因，因为"'教育小说'，顾名思义，首先来源于作者的这样一个基本观念：人决不是所谓'命运'的玩具，人是可以进行自我教育的，可以通过自我教育来创造自己的生活，来充分发挥自然所赋予他的潜能"[20]。

20　刘半九：《绿衣亨利》"译本序"，收入《绿衣亨利》，凯勒著、田德望译，人民文学出版社 1980 年 6 月。

不断地敞开自身，与"有意义的他者"进行对话，在他者目光的逼视下停顿、进而自省，也在这自省中获得"自我教育"、向上成长的力量。在这个意义上，《七声》这部中短篇小说集其实可以视作一部长篇成长小说，而主人公，正是那位面貌苍白却内涵丰富的毛果。

◇　王谢堂前的"内在感觉"　◇

"在意识深处，南京是我写作的重要指归。我初开始写作的时候，就想写一本关于南京的小说。我对南京有一种情感的重荷，仿佛夙愿。当我写完了《朱雀》，在心里几乎等同于完成了一桩债务。"[21] 对于葛亮而言，《朱雀》无疑是一部"不得不写"的

21　葛亮、张昭兵：《创作的可能》，《青春》2009 年第 11 期。

作品。"诗人可以通过一个地方进行不同凡响的描述来'占据'一个地方"[22]，这在中国文学史上具有悠久的表现传统，延及当代依然不绝如缕。据说刘禹锡写下"潮打空城寂寞回""朱雀桥边野草花"这组《金陵五题》，竟然还在他本人游历南京之前。可见"对空间进行想象的诗意占有"这一传统既是浪漫的遐思，其中又不乏野心。现在，葛亮要在纸上矗立起一座他的城池。

葛亮对这座城市也确实动情，"《朱雀》之前的写作，更近似一种准备。我始终在寻找，哪一种'回家'的方式是真正恰如其分的"[23]。探索一座城市，一方面是进入未知之地的幽深内部，去主动身受和体验震撼、惊异、愉悦与沮丧；另一方面，又"必须

22　宇文所安：《特性与独占》，《中国"中世纪"的终结：中唐文学文化论集》第 25 页，陈引驰、陈磊译，三联书店 2006 年 1 月。

23　葛亮、张昭兵：《创作的可能》，《青春》2009 年第 11 期。

警觉、长于反思，不断把现象界中的破碎体验与心中关于城市的地图联系起来。这张地图，也许是在探索前得到的，但在探索的过程中又需要常常进行调整和纠正"[24]。调整、纠正的对象之一是由形形色色的传奇、传统所织就的"联想之网"。有学者曾以晚明之南京图像为据，考较"南京作为一个城市在时人心中的特殊"，关于这座城市的想象既独树一帜又源远流长，"当苏州仍是清雅脱尘的太湖水乡，杭州不离景致优美的西湖风光时，南京已是红尘俗世，已是一个立足于现世、欢乐繁荣的城市"[25]。覆盖在这座城池之上的"联想之网"实在太悠久、太绵密：秦淮风月、笙歌夜饮、甲第连云、选色征歌，还有"二水中分白鹭洲""乌衣巷口夕阳斜"……然

24　张英进：《中国现代文学与电影中的城市》第 1 页，秦立彦译，江苏人民出版社 2007 年 4 月。

25　王正华：《过眼繁华——晚明城市图、城市观与文化消费的研究》，《中国的城市生活》第 38 页，李孝悌编，新星出版社 2006 年 10 月。

而南京千年以来，又和"亡国"意象发生紧密联系，逸乐之都一晌贪欢的背后，反复演绎"南朝自古伤心地"。在《朱雀》从民国到千禧年的时间跨度内，也迭现着沧桑变故。葛亮在香港写南京，抛却几分"只缘身在此山中"的熟稔；又特意虚构出生于苏格兰的华裔青年一双外来者的眼睛，尽量以"陌生化"的视角小心翼翼探入城市的腹腔。"他茫茫然地点了头，她说，那好，跟我走。他就跟着她走。"《朱雀》的第一幕故事，袭用了惯常的模式：外来的年轻男子，被陌生的城市所引诱（此时城市具备典型的性别构形：一个神秘不可知的女子），在探险中体验快慰与幻灭。"城市不只是一个物理结构，它更是一种心态，一种道德秩序，一组态度，一套仪式化的行为，一个人类联系的网络，一套习俗和传统，它们体现在某些做法和话语中"[26]。尽管"他"是"外来"

26　张英进：《中国现代文学与电影中的城市》第 4 页。

的，然而当许廷迈开始习得"大萝卜"等当地民谚俗语时，无疑也在进入"心态""道德秩序""习俗和传统"等编织的"联想之网"中。相反，"她"带着"他"在明陵的碑石上大行云雨之乐，简直放肆，却恍若仪式一般，粉碎着外来者的传统"联想"，而粹取出对城市的纯粹体验。葛亮用感觉和观念、经验和反思的辩证视野，来搭建他的"城之像"，更以此来观察沧桑变故底下人的承受力，"人在不同的时代压力之下，包括常态的和非常态的，会有一种什么样的反应与取向"[27]。

说到人物，毓芝、楚楚、程囡母女三代人其实讲述着同一个"关于宿命的故事"，"她们是朱雀之城的女子，注定惹火上身"，"身覆火焰，终生不息"[28]，耽于感伤、情欲的煎熬，固执、认定的事情

27　葛亮、马季：《一均之中，间有七声》，《大家》2009 年第 3 期。

28　王德威：《归去未见朱雀航——葛亮的〈朱雀〉》。

绝不肯轻易回头，并无主动挑衅的企图却又每每
"咎由自取"般触碰到每一时代的"底线"。与毓芝
等三人以及作为意识形态象征者的赵海纳相比，最
让人过目难忘的其实是程云和：治世或乱世都处变
不惊，识大体，谙熟世故的智慧，又保持最基本的
做人的良善、悲悯。云和包容了各种肮脏污垢，但
却护佑着身后世界的清白，同时自身发出一道粼
粼的光泽：在艰难而肃杀的岁月里，她能为楚楚打
出香甜的九层糕，也能端来让赵海纳潸然泪下的松
鼠鱼。在云和身上，几乎所有普通人性的因素如羞
耻、自尊、道德、欲望……都淡出，个人归化到一
个大的道德范畴里去，这正是民间的真正精魂与力
量所在，"这种力量犹如大地的沉默和藏污纳垢，所
谓藏污纳垢者，污泥浊水也泛滥其上，群兽便溺也
滋润其中，败枝枯叶也腐烂其下，春花秋草，层层
积压，腐后又生，生后再腐，昏昏默默，其生命大
而无穷……大地无言，却生生不息，任人践踏，却

能包藏万物，有容乃大"[29]。云和起于秦淮旧院，在教堂被日本人发现，掳去三天，其间折磨可想而知，想不到的却是她竟从血泊中站起，"形象依然齐整""从车上走下来，有着万方的仪态"……这盈盈而起的，正是民间生命力的绵长，及至末了主动赴死，也是为了护犊，延续生命的精血。如果说城市与人可以互为映照，那么挑出一位作为这座城市的代言，你会选谁？在象征符号的意义上，是朱雀见证了宿命的因缘与轮回；可到底是谁在救赎历史混沌与风雨如晦？某种意义上，毓芝、楚楚、程囡母女三人与云和恰好形成对位：前者是朝朝暮暮花开花又落，而云和洗尽铅华后化作一抔春泥；前者又仿佛江水流不尽，蜿蜒多姿；而云和是水中的石，承受着冲击，时或湮没不见，但她坚韧，进而规范

29　此处借陈思和先生对《扶桑》中人物形象的评价。参见陈思和：《人性透视下的东方伦理——读严歌苓的两部长篇小说》，《谈虎谈兔》第 216 页，广西师范大学出版社 2001 年 6 月。

着水流的方向，是不绝长流中"人生安稳"的基石。

南京是千年古城，却不是树静风止的寂灭，莫说从后现代漫漶出去而淆乱了边界，其实历来承受着外来力量的碰撞、磨砺。毓芝、楚楚与程囡，宿命般地都跟外来者纠缠不清，大概正是要表现"空间的辐辏力量"和城市经受的考验力度。在身份、种族的冲突中描写爱欲和死亡，让人想起施蛰存《将军底头》，其实《朱雀》对"界限"的冒犯更上层楼，程囡与龙一郎相互产生致命的性吸引力，已濒临隔代乱伦的边缘，还是借王德威的话说，"南京的'谜底'深邃不可测"。

要探测这深邃的谜底，必须经营长程的历史视野、做足细致的资料准备。第六章一段写云和：

在行李中找出自己的琵琶，调了弦。过了这些粗日子，早没了指甲，就又翻出一副赛璐璐假指甲戴上，弹起一支《昭君怨》。弹了一段，自己觉得太悲，就又换了一首。她是什么都记得。就这一曲，当年绝倒了秦淮两岸。多少权贵千金一掷，就为了她程云和的一曲《夕阳箫鼓》。这琵琶亦是矜贵，面板是上好的兰考桐木，象牙山口紫檀背，是个年老恩客的赠予。这客风雅，说"琵琶幽怨语，弦冷暗年华"，这家传的琴，在家里闲着，不如奉送佳人是正相宜。一同赠了一本乐谱，沈肇州编的《瀛洲古调》。

这一路写来，器物与出典左右并进，且与人物经历、心理相配合，自然嵌入行文之中，既见出作者的功底与积累，又无生造炫学之态。作为后来者，葛亮确实只能依靠历史材料来进入历史空间，我觉得他的尝试有意义，不在于同龄人大多沉迷于当下经验而他却经营起跨度六十余年的长卷（题材向来不能决定文学的成败），也不在于一般年轻作家只能调动红酒、咖啡、名车等时尚元素（其实这些葛亮也在行），而他却对古色斑斓的器物、舆地、典章制度如数家珍（即便凭借这些接续上历史脉息，也未必就能为小说增色）；而是通过熟悉这些材料，"遥体人情，悬想事势，设身局中，潜心腔内，忖之度之，以揣以摩，庶几入情合理"[30]，由此建立起基本的历史想象力。"了解史料的东西对我而言是一种情境元素的建构，而不是一定要把它作为写作的直接元素放在里面。对一个东西足够地了解，情境建立起来时，你就像那个时代的人一样，所以写任何一个人都是一种非常自由的状态，不需要考量他符不符合，而是他作为一个人物在这个情境里是否成立。我不会特别想他的细节：生活

30　钱钟书：《管锥编》（一）第 317、318 页，三联书店 2001 年 1 月。"遥体人情"云云自是"史家追叙真人实事"的方法，但钱先生特为指出，"盖与小说、院本之臆造人物、虚构境地，不尽同而可相通"。

习惯，衣着，待人接物的方式是不是那个时代的，因为到后来就自然而然了。"[31] 葛亮这番话是见道之语。任何得自史料的记载与细节都无法作为外来的"素材"或"点缀"，直接进入小说以强化所谓"真实性"。作家必须通过熟稔与揣摩，获致一种历史想象力，将外在的材料"揉碎"，内在地为写作建立起历史情境，王德威先生说得很到位："召唤一种叫做'南京'的状态或心态"[32]。这种想象力，以赛亚·伯林谓之"一种移情地理解异己的历史情景、价值和生活形式之'内在感觉'的能力：对一种既定境遇的独特风味及其各种潜在可能的感知"[33]。当然，葛亮目前离上述化境还有一段距离（显证是他

31　《葛亮：我要在纸上留下南京》，《经济观察报》2011 年 5 月 24 日。

32　王德威：《归去未见朱雀航——葛亮的〈朱雀〉》。

33　艾琳·凯利（Aileen Kelly）：《一个没有狂热的革命者》，《以赛亚·伯林的遗产》第 16 页，马克·里拉（Mark Lilla）等编，刘擎、殷莹译，新星出版社 2006 年 5 月。

在小说中偶尔按捺不住跳出来对城市精神作陈述，其实原该化到人物与情节之中自然呈现，如盐入水），但显然是走在正途上。

想必很多读者会有同感：《朱雀》写几代人的爱恨交织，平心而论，抗战、反右、"文革"中的几幕悲喜剧，以及人物、人性在特定历史情境中的展开，每每予人"似曾相识燕归来"之感，基本没有逸出惯常认知的轨道，还是笔触对准当下时挥洒自如。不过话说回来，当下生活写得精彩，诚非无源之水，我们看到下游的水流飞珠溅玉、气势不凡，因为葛亮早就为源头、流程作出细致勘探。比如，雅可和其周围人物的放浪形骸，正是秦淮逸乐的流风余韵；有着南京血统的异乡人许廷迈最后返回，与古钟楼照面而立，"却觉得心底安静"，这一段则暗示传奇背后的"岁月静好，现世安稳"；而程囡经营的地下赌场、李博士的红杏出墙，转又提示生活寻常的表层下永远暗流涌动。"这城市的盛大气象里，存有一种没落而绵延的东西"，城市的精神内核，一并体现于王谢堂前和寻常百姓的饮食起居、言谈举止、民俗风习之中，有损益，又不绝如缕，并不会随改朝换代而断裂。恰似小说末了朱雀那对红玛瑙的眼睛，终归铜屑剥落，重见天日；它见证了几代人的聚合流离，又终于涅槃再生如"一个婴孩"，"放射着璀璨的光"，阅尽沧桑而历久常新……

◇ "命悬一线"中的不绝生机 ◇

《北鸢》以巨幅的容量演绎家族记忆与历史记忆。"在文学领域，史诗长期以来都是人们回忆本源和理解文化团体特性的一种重要的模式"[34]，长篇历

---

34 阿斯特莉特·埃尔、安斯加尔·纽宁：《文学研究的记忆纲领：概述》，《文化记忆理论读本》第218页，冯亚琳、阿斯特莉特·埃尔主编，余传玲等译，北京大学出版社2012年1月。

史小说与人类记忆之间独有的亲缘关系，其实不证自明。我更关注的，是葛亮此书对于当下写作风气的意义。比如，在当下的青年写作中，存在较多的书写模式是"现代自传"，以个人日常生活的一亩三分地为框架，"他们认为自己的过去仅仅是从自己出生时才开始的。他们相信，他们有力量完全按照他们'自己'和他们同代人的决定来安排自己的生存。现代自传的主体把自己的过去仅仅局限于自己在世上生存的时间"。《北鸢》无疑站在上述态度的反面，葛亮深知"我自己的生活史总是被纳入我从中获得自我认同的那个集体的历史之中的，我是带着过去出生的"[35]，这是一种纠偏"现代自传"的写作。第五章第五节写到卢文笙遭遇革命，这段经历"让一个人深引为疚"，于是横空插入一笔——"即使时值

35　马克·弗里曼：《传统与对自我和文化的回忆》,《社会记忆：历史、回忆、传承》第11至14页，哈拉尔德·韦尔策编，季斌等译，北京大学出版社2007年5月。

暮年，毛克俞面对膝下叫做毛果的男孩，仍然自责道：那时我太粗心，这世上，差点就没有了你外公这个人。"《七声》的读者至此想必会心一笑，血脉绵延，源发于此。文学当然出于虚构，但也不妨碍我们将这段视为作者的自叙身世，即便不是民国风云变幻的亲历者，但自觉为历史遗产继承者，无法绕开那段血与火，故而在历史生活的整体回路中，沿途追溯造就自我的多种根源。

再比如，葛亮叙写民国烟云，不同于塑造黄金时代的传奇，此前被民国怀旧风所排除的粗糙、坚硬、冷酷甚至血腥等因素进入了视野。当昭德拉爆手雷与土匪同归于尽，当仁珏在日军看守所里吞缝衣针自杀，当阿凤的身体在仁桢怀中一点点滑落……我们如何回应这些虚无大悲的时刻？我能想到的，是昭如在乱世中苦心经营，"家道败下去，不怕，但要败得好看。人活着，怎样活，都要活得好看"；是文笙婉辞永安："我们家买货卖货惯了，

163

钱生钱的生意没做过";是刘掌柜被扫地出门后依然勉力为东家留条生路:"笙少爷,您且应承我,卢家业大,日后若有个不周到,万望别为难我们当家的",而文笙此后不惜破产援助永安……这点点滴滴,最终汇成了全书的核心意象——风筝。放风筝的要诀是"顺势而为",雅各以为"势无对错,跟着走,成败都不是自己的事",文笙反驳道:"顺势的'势',还有自己的一份。风筝也有主心骨。"风筝的"主心骨",正是天崩地坼之际民间波澜不惊的常道,正是人们心中"有所为有所不为"的坚守。过目难忘的,还有尾声部分,那只在肃杀秋风里"忽上忽下"的风筝,"有一个瞬间,几乎要跌落",但终于"远远飘起,越来越高"……这风筝所凝聚的,正是自我拯救与挣扎向上的信念,是深植于吾土吾民心中尽管微渺曲折却创进不已的精神气脉,是"命悬一线"中的不绝生机。

上述信念与气脉,其实弥漫在《北鸢》所描摹的生活世界中。凡俗人世的闾巷琐细，莫不含茹大道。《北鸢》是一部"向《红楼梦》致敬的当代小说"[36]，也可以从这个方面去理解。李长之先生在分析《红楼梦》时指出："在材料的采取上，……并不在你如何选择那奇异的，或者太理想化的资料，却在你如何把平常的实生活的活泼经验拿住。"[37] 饱满的生活世界、"平常的实生活的活泼经验"，恰可"广大其心，导达其仁"，且在旧传统向新时代裂变的过程中维系文化传承，"文化的深处时常并不是在典章制度之中，而是在人们洒扫应对的日常起居之间"[38]。

曹雪芹在《南鹞北鸢考工志》（这是《北鸢》题

36 陈思和：《此情可待成追忆》（此文为《北鸢》序），收入《北鸢》，人民文学出版社 2016 年 10 月。

37 李长之：《〈红楼梦〉批判》，伍杰、王鸿雁编：《李长之书评》（四）第 41 页，河北教育出版社 2006 年 9 月。

38 费孝通：《文化的隔膜》，《费孝通游记》第 84 页，东方出版中心 2007 年 8 月。

名的出处）中曾自述成书缘由——

　　囊岁年关将届，蜡鼓频催，故人于景廉，字叔度，江宁人，从征伤足，旅居京师，家口繁多，生计艰难，鬻画为也。迂道来访。立谈之间，泫然涕下。自云："家中不举爨者三日矣。值此严冬，告贷无门，小儿女辈，牵衣绕膝，涕饥号寒，直令人求死不得者矣！"闻之怆恻于怀，相对哽咽者久之。斯时余之困惫久矣，虽倾囊以助，何异杯水车薪，无补于事，不得不转谋他处，济其眉急。因挽留居，以期谋一脱窘困之术。夜间偶话京城近况，于称："某公子购风筝，一掷数十金，不靳其值，似可以活我家数月矣。"言下慨然。适余身边竹纸具备，戏为扎风筝数事……是岁除夕，于冒雪而来，鸭酒鲜蔬，满载驴背。喜极而告曰："不想三五风筝，竟获重酬，所得当共享之，可以过一肥年矣。"方其初来告急之际，正愁无力以助，其间奔走营谋，亦殊失望，愧无功。不想风筝竟能解其急耶？[39]

"风筝于玩物中微且贱矣，比之书画无其雅，方之器物无其用"，玩风筝的人也往往被视作玩物丧志、不务正业，"业此者岁闲太半，人皆鄙之"。这就有点像曹雪芹笔下的贾宝玉，通灵宝玉本是女娲采炼的三万六千五百零一块石头之一，女娲补天用去三万六千五百块，单剩下的这一块就成了多余。由此我们可以发现《北鸢》与《红楼梦》的又

---

39 曹雪芹:《〈南鹞北鸢考工志〉自序》,《〈红楼梦〉资料汇编》第22、23页，南开大学出版社 1985 年 9 月。

一重关联：似贾宝玉这般，卸下补天之志，颓废地自我放逐于"天"外（社会之外、历史轨道之外）的零余个体，揆诸《北鸢》中的人物形象，映射的正是毛克俞，"这世上尽是多余的人。多一个不多，少一个不少"——他在课堂上由介绍蕗谷虹儿引出的这番话，实则夫子自道。毛的原型是葛亮的祖父葛康俞先生："我的祖父一生中有一个很决绝的信念：我和时代或者我和政治保有距离，我把自己的人生寄予在很单纯的艺术的界域里去成就我自己。"[40] 这一与时代和政治绝缘、独善其身的立场，和其亲眼见证舅父陈独秀晚景凄凉肯定有关。这位新文化运动巨匠，暮年四面楚歌声中"卧病山居生事微"，但这其实只是一面。陈独秀晚年，除了重订《小学识字教本》之外，其"终身反对派"的本色

40 《葛亮：民国最吸引人的地方就在于不拘一格》，腾讯网，2016年9月23日。

并无变易，比如当得知苏联斯大林与德国希特勒签署协定后，曾作长诗《告少年》："毋轻涓涓水，积之江河盈；亦有星星火，燎原势竟成；作歌告少年，努力与天争。"而被研究者称为"陈独秀最后论文和书信"的文字，其论题"焦点集中在政治与革命、民主与专政及与此相关的抗战前途和苏联问题上"[41]。毛克俞看到了晚年陈独秀落寞孤绝的一面，但是却忽略了"努力与天争"的另一面。

我们再回到《南鹞北鸢考工志》自序，其实讲述了一个零余人借着风筝而自养赡家甚至安身立命的故事，这一番振拔起身、成己成人、转无用为大用，有点像文笙的轨迹。文笙自小是个冷静的人，他对凌佐说"我们做学生的，尽到本分就好，这些本不是我们能管的"，既出乎本性，或许也受到毛

41　唐宝林：《陈独秀全传》第 852、864 页，社会科学文献出版社 2013 年 7 月。

克俞的影响；但他后来那番投笔从戎的经历，暗中接续的，却是"努力与天争"的气魄（与"风筝也有主心骨"呼应），陈独秀影响的，何止毛克俞一人？在这个意义上，我非常认同陈思和教授说的"陈独秀的存在是小说里不可忽视的一个精神坐标"。葛亮非常清楚克俞和文笙的差异："文笙是一个更加开放和包容的心态去看待这个世界，这和他早年的经历有关，他是试图让自己和时代之间是一种和解的关系。"[42] 不过话说回来，尽管国难当头有拍案而起的作为，文笙终究不是一个主动的人，即便入世，姿态也有别于仁桢，所以葛亮在"自序"中说"小说中的两个主人公，一静一动"。在同克俞和仁桢的比照下，文笙持守中庸，"和时代之间是一种和解的关系"，我个人对"和解"的理解是：与

---

42 《葛亮：民国最吸引人的地方就在于不拘一格》，腾讯网，2016年9月23日。

世不亲但又不隔，对人性和世事不抱幻想且随遇而安，却也依然对人热情，不颓唐。熟悉葛亮的读者会发现，他作品中连贯全篇的人物，比如毛果，比如文笙，大抵就是这种性格，"看到了别人的热闹，看到了别人的大开大合，但同时自己非常冷静和温和的活在这个世界上"[43]。往内说是人物性格，往外投射则是葛亮一贯的写作立场、看人论世的姿态。且让我引一段沈从文的话来刻写这一立场和姿态：

以清明的眼，对一人生景物凝眸，不为爱欲所炫目，不为污秽所恶心，同时，也不为尘俗卑猥的一片生活厌烦而有所逃遁；永远是那么看，那么透明的看，细小处，幽僻处，在诗人的眼中，

43 《葛亮：民国最吸引人的地方就在于不拘一格》，腾讯网，2016年9月23日。

皆闪耀一种光明。[44]

《北鸢》中自有陈独秀、褚玉璞这样"站在历史浪尖上纵横捭阖"的强人，但葛亮更在意的，当是芸芸众生如文笙，"他们是目睹时代的流变和变革的人，看到了别人的热闹，看到了别人的大开大合，但同时自己非常冷静和温和地活在这个世界上，这种温和达到了平稳地过渡一个时代的更替"，他们并不"主导着社会"，"虽然不过是软弱的凡人，不及英雄有力，但正是这些凡人比英雄更能代表这时代的总量"[45]。

据余英时先生考证，"宋以后的士多出于商人家庭，以致士与商的界线已不能清楚地划分"，自

44　沈从文：《论闻一多的〈死水〉》，《沈从文批评文集》第195页，刘洪涛编，珠海出版社1998年10月。

45　张爱玲：《自己的文章》，《张爱玲文集》(3)第251页，时代文艺出版社1999年10月。

172

此商业在中国社会上的比重日益增加，明清之际"由士入商的人颇不乏其例"。史学界的研究，大多集中于商人的客观世界和经济活动，对于商人家庭的主观世界，包括文化背景、意识形态、价值观念等问题措意不多[46]。《北鸢》写孟昭如这位亚圣后裔，嫁作商人妇后的种种故事，以小说的形式，提供了一个具体而微的例子，让我们去观察儒家伦理如何与商人阶层发生联系。这一路写来，葛亮对历史动脉的把握是颇见功力的。

自《朱雀》始，葛亮已展现超越同侪的、丰沛而又细腻的历史感受力。此番《北鸢》，"这段生活，事关上世纪二三十年代的中国。北地礼俗与市井的风貌，大至政经地理、人文节庆，小至民间的穿衣饮食，无不需要落实。案头功夫便不可缺少。一

46　余英时：《中国近世宗教伦理与商人精神》第 58、185、186 页，九州出版社 2014 年 10 月。

时一事，皆具精神。"[47] 我猜测，葛亮七年的案头准备、所掌握的历史材料，远多于小说目前所呈现的，仿佛冰山隐于海面下不可见的部分，更根本的意义上，他不是为了写作而积累素材，这一搜求、考订、目验心证的过程本身就有意义，这是一个虔敬的写作者寻获对于历史身临其境的感受，写作如果说能够"还原"什么，大概首先就是具体时空中的个人对于时代的切身感知吧。通过艰苦的案头准备，如切如磋，感同身受，终至水到渠成般获得"自然而然"的写作状态，我想借史家的话来描摹这一过程："历史事实并不是使用钓竿钓上来的一条一条的鱼，而是正在游动着的鱼群……是鱼群的生态，它不能被历史学家钓出水面，而是当历史学家潜入水底时，展现在他的面前。单独观察一条鱼而绝不可能了解的鱼群的生态或者鱼群生息的海底

47 葛亮：《时间煮海》（此文为《北鸢》自序），收入《北鸢》。

生物链，这才是展现在我们面前的历史。"[48]

　　一器一物，皆见精神。《北鸢》中最让人过目难忘的，无疑是风筝。文笙与仁桢第一次对话（"我认得你"）源于风筝。四声坊风筝艺人每到虎年便扎一个虎头风筝送给文笙作生日礼物，此"老例"传到第四代，仍然坚持不懈。文笙与雅各借放风筝打出信号，在日本人眼皮底下护送国军伤兵出城，苍鹰风筝高高飘起于青晏山上，这一刻也将少年人带入了历史硝烟（此后文笙在抗日战场上又如法炮制过一回）。这对总角之交日后又因围绕风筝的一番辩难而分道扬镳。小说也以跌落又旋起的风筝作为尾声……风筝不是文笙赏玩的对象，二者互相陪伴、互相打磨，甚至可以说，文笙这一个体具体存在的展开过程，就是与风筝交互作用的过程，在这

48　沟口雄三：《关于历史叙述的意图与客观性问题》，《中国的冲击》第218页，王瑞根译、孙歌校，三联书店2011年7月。

个过程里，一个人修己立人，自淑淑世。古人曾这样论述与物交接："与万物交，而尽兴以立人道之常。色、声、味授我也以道，吾之受之也以性。吾授色、声、味也以性，色、声、味之受我也各以其道。"[49] 与物交接的过程是"性"与"道"相互交融、作用的过程，由此理解物之运动变化及规律（比如掌握风筝起放之理、扎糊之法等），也由此明白事理、建立德性、发抒情志……

"比之书画无其雅，方之器物无其用，业此者岁闲太半"，风筝在文化上的边缘化，被葛亮用来比作欲借小说传达的意识观念："它未必是大历史、大叙事，而是历史的真精神为大风起于青萍之末。"[50] 除

49　王夫之:《尚书引义》第 173 页，中华书局 1976 年 5 月。

50　《葛亮:民国最吸引人的地方就在于不拘一格》，腾讯网，2016 年 9 月 23 日。葛亮认为，小说是最能够反映"'大风起于青萍之末'这种历史观的文体——因为它所提供的细节，其中的温度与折射，是历史本身常常忽略的"。参见葛亮:《故事》，《小山河》第 124 页，浙江文艺出版社 2016 年 8 月。

此之外，我还想为葛亮的风筝添加上一项功能。

以作者外公为原型的卢文笙，作为在场者贯穿全书，然而开篇就交代文笙来历：他原是被昭如收养的街边弃婴，也就是说，《北鸢》是以"养子"的身份见证历史。张承志曾以民族学大师摩尔根被美洲原住民部落接纳为养子为例，讨论"表述者与文化主人的地位关系"："必须指出，养子这个概念的含义决非形式而已。这是一位伟人对自己地位的纠正。这是一个解决代言人资格问题的动人象征。"[51] "养子"关涉着代言人问题、"文化的声音和主人"问题："从来文化之中就有一种闯入者。这种人会向两极分化。一些或者严谨地或者狂妄地以代言人自居，他们解释着概括着，要不就吮吸着榨取着沉默的文明乳房，在发达的外界功成名就。另

51　张承志：《人文地理概念之下的方法论思考》，《回族研究》1999 年第 1 期。

一种人大多不为世间知晓，他们大都皈依了或者遵从了沉默的法则。他们在爱得至深的同时也尝到了浓烈的苦味。不仅在双语的边界上，他们在分裂的立场上痛苦。"[52] 要么"解释"，要么"沉默"——张承志诚恳地呈现了"养子"在代言时面对的几乎无法解决的二元对立。

现在，葛亮在《北鸢》中让一位"养子"出场，仿佛其手中的风筝，飞向过往的岁月，"闯入"历史与人性的迷雾。这风筝若隐若现的身姿，似乎喻示着再现与沉默、书写与谦卑之间的辩证——非只关乎技艺，这是写作者根本的立场与态度：懂得在用力处笔力纵横，更需要具备"不愿僭越"的自觉。我在《北鸢》中看到徘徊在时间废墟上的养子，笼罩着无以言状的震惊，深感任何重建都困难重重。

52　张承志：《二十八年的额吉》，《中国民族》2002 年第 6 期。关于张承志围绕"养子"问题的思考，参见罗岗：《"骑手"为什么歌唱"母亲"？》，《文艺争鸣》2016 年第 9 期。

《北鸢》打动我的地方，与其说是"自然而然"地书写历史，毋宁是葛亮出让了某种叙事的自信和权威之后，笔触不时陷入停顿的瞬间：比如仁珏以身死来掩护逸美，其所献祭的，到底是民族大义（受逸美启蒙），抑或同性情谊（为逸美吸引）？"和田在这个女孩的脸庞上，看到了一种他琢磨不透的东西，她的反应，不符之前的诸种想象。"敌人琢磨不透，我们读者也琢磨不透。其实在根本上，葛亮就不愿以惯常的"诸种想象"来揭开仁珏与逸美之间的暧昧，这"止于所当止"，恰是文学对人性的虔敬：每个人心灵深处总有不被发现的角落，沉默、幽晦而复杂，无法被表面化、无法被语言穿透、也没有必要在他者的注视下被意义赋予。

第五章写克俞教学生绘画，文笙画了一个大风筝，取名"命悬一线"，而克俞改作"一线生机"："放风筝与'牵一发而动全身'同理，全赖这画中看不见的一条线，才有后来的精彩处。"想来，艺术的"生机"，端赖放风筝的人如何在一擒一纵、一起一放之间运遣那"看不见的一条线"……

◇ 初心萌动的那一刻 ◇

设若我们熟悉柳宗元的《钴鉧潭西小丘记》，"得西山后八日，寻山口西北道二百步，又得钴鉧潭。西二十五步，当湍而浚者为鱼梁。梁之上有丘焉，生竹树。其石之突怒偃蹇，负土而出，争为奇状者，殆不可数。其嵚然相累而下者，若牛马之饮于溪；其冲然角列而上者，若熊罴之登于山"，柳宗元显然陶醉于其间，"予怜而售之。……即更取器用，铲刈秽草，伐去恶木，烈火而焚之。嘉木立，美竹露，奇石显。由其中以望，则山之高，云之浮，溪之流，鸟兽之遨游，举熙熙然回巧献技，以效兹丘之下"。不寻常的地方在这里：柳宗元起先被小丘的天然魅力所吸引，但在买下小丘之后所做的第一件事是清扫与打点。宇文所安提供的解释是："他得清扫这个地方，来表明它已归自己所有，把自然与人工结合起来。柳宗元对于'占有'本身，对于他有权规划这一空间、把它打上自己的印记这一事实本身，感到其乐陶陶。"[53] 柳宗元甚而突发奇想，要将小丘移到京都去，把占有物向他人展示，"以兹丘之胜，致之沣镐鄠杜，则贵游之士争买者，日增千金而愈不可得"。文学自然离不开精心的策划与虚构的展演，在其"诗意占有"的城池内，作家是享有规划权的主人。不过我想作家应该明白在自然与人工之间有着辩证而丰富的层次：二者既相合又相离，相合时纵使相得益彰，相离时肯定有"只取一瓢"、不及其余的可能；"嘉木立，美竹露，奇石显"在柳宗

53　参见宇文所安：《特性与独占》，《中国"中世纪"的终结：中唐文学文化论集》第 26 至 28 页。

元看来是人力施于其上之功，然则这在多大程度上是"巧夺天工"，多大程度上是"刻意求工"呢；柳宗元初见小丘发生的是野生动物的联想，"若牛马之饮于溪""若熊罴之登于山"，这是随物赋形，而"把它打上自己的印记"之后再回顾，大自然转化成了"为主人献艺的表演艺术"，这多少有点"曲意逢迎"的味道；还有，所谓"其乐陶陶"，到底出于静默的欣赏，还是"想象的占有"，抑或"是把占有物向他人展示"……幸好葛亮是明白的，《朱雀》"后记"最后一句话写："始终需要心存感恩的，是这城市的赋予，在我尘埃落定的三十岁。"驻笔之时，他想到的是"城"对"我"的"赋予"，并非"我"对"城"的占有，就仿佛回到柳宗元与小丘劈面相逢时"争为奇状者，殆不可数"的惊喜，回到葛亮流连于香江岸边或金陵城中闾巷间初心萌动的那一刻……

近年来，葛亮在两岸三地频繁获奖，声誉鹊起、一片叫好声中，勤奋的写作者不妨驻足思考：

是找到了文学的普遍价值？这种"普遍"与一己创作的独异表达如何构成辩证？抑或在各种写作元素的博弈中检寻到了最具通约性的符号？葛亮是有慧心的写作者，我想他能处理好几者的关系。

极喜欢陶渊明的四言诗，"有风自南，翼彼新苗"。读到同代人中青年作家的出手不凡，有时就会想起上面的句子，清风从南方吹来，禾苗欢欣鼓舞，一片新绿起伏不停；也算是私心里表达的期望吧，期望永远有机会见证这气象中的阔大、平和与新机勃发……

2012 年 7 月 4 日一稿

2016 年 10 月 15 日二稿

2021 年 4 月 10 日定稿

尘世落在身上：
张忌论

第一次读张忌君的小说，许是 2005 年的《小京》。翻开当年的笔记本，竟还找到两段文字——

"小京没了，我应该悲伤，应该痛哭的，可是我却一滴眼泪都没有掉。我想我是怎么了，难道我不爱小京吗？我怎么会不哭呢？"年轻的莫年，不是加谬笔下的"局外人"默尔索，面对女友意外亡身，他只是懵懂、愕然，没有充分的心理去认识死亡。小说在情节的延展中一直没有给小京的被杀一个圆满交代，按着这条线索发展，原本可以编织出曲折离奇的故事，但作者没有这样做，"一点线索都没有"。作者将目光聚焦在莫年和故世女友的大伯和姐夫的交往中，通过莫年的态度复现他对女友的深情，同时在三个男人略显突兀和尴尬的交往中，表达一种关怀——生命的无常和流离，以及在无常和流离背后的爱、悲悯与人的担当。前者是冷的，而后者温暖。

大伯与姐夫的形象是逐渐鲜活起来的，从不合时宜的游览天安门，到遗体告别，到最后"用两只干裂的大手托住了装着骨灰盒的大旅行袋"，"这个时候，我的眼泪再也藏不住了"……小说用前后对照的景物描写呼应这一过程，开始"天上的太阳像个沾了灰的血蛋，蒙蒙透着光亮"，最后是"此刻的太阳，就像一张金黄色的大饼，发着温暖的光芒"。

这也是一个从衰败冰冷到生机温暖的转变，就仿佛坚冰点点滴滴的融化。小说在不动声色的叙事中，完成了一个人性逐渐被浸润、升华的过程……

这十余年来，我没有刻意追踪过张忌的创作。过眼的就拿来读，好像篇数并不多，印象中其小说面目亲切，但背后的意蕴又很费思量。从《出家》到《南货店》，对以往的创作路数有继承又气象层层上升，让我暗暗吃惊。

◇　虚实两界中的修行　◇

余英时先生曾发微《红楼梦》中的两个世界，大观园的内与外，前者是理想世界，后者是现实世界，作者用各种象征 ——"清"与"浊"，"情"

与"淫","假"与"真",以及风月宝鉴的反面与正面——暗示两个世界的分别何在[1]。《出家》中也有两个世界,不妨大致以实与虚来称谓。

"实"的世界是指世俗生活。主人公方泉,为养活一家五口(三个孩子),身兼数职,刷漆、送牛奶、送报纸、拉三轮车……生活于他而言如同"闯关","过了这一关,马上就有下一关等着你,而且下一关总是比这一关难,一关一关又一关,永远也打不完"。捡塑料废瓶的过程里给女儿拾回一个别人丢弃的毛绒熊玩具;三轮车被交警罚没、紧接着遇上碰瓷敲竹杠又被骗去五百元;身为送奶工却还一度为孩子喝不上牛奶而发愁,近乎古人"遍身罗绮者,不是养蚕人"的哀告;屋漏偏逢连夜雨,穷困之外,疾病接踵而至,妻子因囊肿而动手术需要

1　参见余英时:《〈红楼梦〉的两个世界》,收入《中国思想传统的现代诠释》,江苏人民出版社 2003 年 8 月。以下对此文的引用不再注出,后文宋淇观点也转引自此文。

巨额医药费……无怪乎方泉每每在悬崖峭壁边感受绝望："我忽然对以后的生活有些绝望，因为我几乎已经看到了自己所能做到的极致。很少有人像我起得那么早，我也想多睡会儿，也想偷懒，可我总是牛一样地用鞭子抽着自己往前走。可这样辛苦，又怎么样呢？到头来，我不还是将日子过得跟条狗一样？"看主人公在人生险路上闯关，跌跌撞撞，你几乎要疑心这又是一出将所有磨难集中于一人的苦情戏，或者罗列所有社会紧迫问题的底层写作。

但张忌知道"止于所当止"，不会在小说中让泪水泛滥。李长之先生评价《红楼梦》："在材料的采取上，……并不在你如何选择那奇异的，或者太理想化的资料，却在你如何把平常的实生活的活泼经验拿住。"[2] 张忌善于体贴生活的参差形态（不会

——————————
2　李长之：《〈红楼梦〉批判》，《李长之书评》（四）第 41 页，伍杰、王鸿雁编，河北教育出版社 2006 年 9 月。

利用囊肿随意判定人物死刑，在医院里也遇上了不拿红包的医生），并不简化成纯洁的"我"与险恶世界的对立。此外，在深渊之中人也屡仆屡起，焕发出振拔向上的活力。小说前半部分的几场"送礼"（尤其是不乏喜剧色彩地通过送鳖换来工作）让人过目不忘，就如社会学家在研究"关系学"时指出的：送礼拉关系"经常被创造性地作为一种对抗性伦理，在被国家垄断的公众范围内，为个人和私人创造一个空间"[3]。张忌赋予其消解苦难的民间智慧，这点点滴滴，都汇入"平常的实生活的活泼经验"。

《出家》之所以不是一部急迫、让人透不过气来的小说，还有一个原因。记得鲁迅曾为乡曲小民的求神拜鬼活动辩护，理由很简单，农人"劳作终

3　杨美惠：《礼物、关系学与国家：中国人际关系与主体性建构》第44页，赵旭东、孙珉译，江苏人民出版社2009年6月。

岁，必求一扬其精神"[4]。在世路险巇中，张忌也为人物提供了一个"一扬其精神"的世界，这个"虚"的世界，与宗教活动有关。比如，"我"在禅凳上打坐，渐渐进入神秘而阔大的精神体验：

经声响起时，我感觉我的身体开始充盈，逐渐变大，逐渐地失去了重量。终于，我漂浮了起来，悬在半空。我睁开眼睛，看见眼前是一片辽阔无比的水面，这水面看上去很柔软，柔软得就像孩子的肌肤，可似乎它又坚硬无比，就像一块坚冰。水底有光，星星点点，层层叠叠，这光也像失了重，就那样从水底的最深处慢慢漂浮上来，最后，积聚

4　鲁迅：《破恶声论》，《鲁迅全集》(8) 第 32 页，人民文学出版社 2005 年 11 月。

在水面，微微抖动。这光温和、平静、圣洁，我深情地看着它们，就如同我们是磁铁的两极，深深地吸引。我想向它靠过去，我想将身体放到这光之中，我知道，那里肯定明亮无比，温暖无比。

"虚"的世界里，当然少不了宗教活动，不过话说回来，无论是阿宏叔美轮美奂的宝珠寺（"我疑心以前皇帝住的宫殿也不过如此"），抑或象山船老大一掷千金的佛事，都难让人过目不忘。倒是下面这一幕挥之不去——村里的老太太们来到山前寺，围坐在桂花树下，说笑，念经……"我"忽然悟道：

说实话，看着她们，我心底里有些失落，因为眼前的一切，才是这个寺庙最正常的生活。只有这些人，才是真正跟寺庙连在一起的。村里人家，无论是婚丧嫁娶，还是出门营生，都不会绕过寺庙，只要有事，都会去庙里问问师傅。有句老话叫作无办法，问菩萨。怎么问菩萨，就得找寺庙，找和尚。而且，来寺庙的就是这些老人，因为老人腿脚不便，不可能去太远的地方。说到底，这样一座小寺庙，跟宗教无关，跟赚钱也无关，它只是村里的老人打发闲暇的场所，是一个老年人活动中心。

20 世纪初叶，在一片拔除宗教、改革陋习的声浪中，鲁迅这样理解宗教的产生："宗教由来，本向上之民所自建，纵对象有多一虚实之别，而足充人心向上之需要则同然。顾瞻百昌，审谛万物，若无不有灵觉妙义焉，此即诗歌也，即美妙也，今世冥通神閟之士之所归"，"向上之民，欲离是有限相对之现世，以趣无限绝对之至上者也。人心必有所冯依，非信无以立，宗教之作，不可已矣……"[5]鲁迅的重点似乎不在教义本身，而是在产生神话、宗教甚至迷信的人类精神作用上。这种精神表征"人心向上之需要"，推动着"有限相对"的人类，"超乎群动"，努力摆脱"有限相对之现世"，探起头来振拔朝向"无限绝对"……这里的"无限绝对"绝非什么虚无缥缈的东西，鲁迅《破恶声论》为举办"赛会"、信奉"神龙"辩护，着眼点即在于二者同农人生活本身与情感寄托、精神想象的切身而实在的联系，这里的基点仍然植根于生命的血肉真实之中。

村里老人把山前寺变作闲暇场所、活动中心，从现实生活的土壤上为自己辟出发抒精神的空间。这是《出家》中虚实两境最饱满而踏实的结合吧，

5　鲁迅:《破恶声论》,《鲁迅全集》(8) 第 29、30 页。

张忌说得好："跟宗教无关"，又"真正跟寺庙连在一起"。胡兰成论花，"独独花园我不喜欢，因为它使花和一切隔断了。倒不是因为花园里的花太多。春天，漫山遍野的花是使人神往的，但花园里的花是那么繁多而又有限，那么精心布置而掩饰不了杂凑的痕迹"[6]，所以，花就当开在田间、陌上、篱边，樵夫担上带着有，或女孩深巷叫卖声中……

但是张忌笔下的虚实两界与《红楼梦》中的两个世界又有绝大不同。宋淇说："大观园是一个把女儿们和外面世界隔绝的一所园子，希望女儿们在里面，过无忧无虑的逍遥日子，以免染上男子的龌龊气味。……大观园在这一意义上说来，可以说是保护女儿们的堡垒只存在于理想中，并没有现实的依据。"而当外界的力量侵入时，也正是内部世

6　胡兰成:《关于花》,《无所归止》第38、39页，中国长安出版社2016年1月。

界的意义开始崩塌、悲剧绵延的开始。《红楼梦》第七十一回司棋和表弟在园中偷情遗落绣春囊，夏志清将此情节比作蛇潜入了伊甸园，亚当夏娃由天堂坠落人间，"这意味着一个骇人听闻的暗示，即魔鬼撒旦已进入乐园"，这是"小说悲剧的转折点：从这时开始，贾府日益为不幸的事件所烦扰，再也不能维持虚假的喜庆和欢乐了"[7]。张忌不再苦心经营一个虚构的理想世界，将全部的意义与价值尽付其中；虚的世界没有通体洁净，实的世界不是乌黑一团，二者绝非泾渭分明；虚的世界也不待外部力量的侵入与瓦解，更无需银瓶乍破的转折时刻，虚实两界之间早就互通有无，更真切的情形或许是，虚中有实，实中有虚。

因为"一天能赚60元"，所以方泉跟着阿宏叔

7　夏志清：《中国古典小说史论》第291页，胡益民等译、陈正发校，江西人民出版社2001年9月；也参见余英时：《〈红楼梦〉的两个世界》，《中国思想传统的现代诠释》第271、272页。

去庙里做空班，这出家路的起点，无非是现实生计的功利考虑。涉入渐深，我们随着方泉的视线，发现佛门中处处乱象：与方泉这般为捞外快而来的空班不乏其人，老空班传授经验"会不会念经都不要紧，只要会动嘴皮子就行"。甚至佛事间歇，"两个空班因为打牌时怀疑对方偷牌，在禅房里扭打在一起"。业余和尚在各家寺庙走穴，混饭吃的人一多，规矩就乱了，"原本的僧道尼，都有自家的焰口"，"不过到了现在，这些老规矩早已没有了严格的界限"。长了师傅和周郁先后向方泉讲解寺庙"生意经"："护法就好比是一个公司里的业务员。公司的业务靠什么，不就靠业务员吗？只有拉来了好业务，公司的生意才会好"，同理，"一个好的寺庙，必然要有好的护法"。佛事一起，"就像开展销会一样热闹"，"为什么做佛事？因为只有做佛事寺庙才有人气，有人气香火才能旺。说穿了，这经营寺庙跟经营企业是一个道理，企业的产品要卖出去，要先做广告。寺庙也一样，就算不挣钱，你也要将佛事做起来，只有铺垫下去，将知名度打起来，才会有人来布施"。凡此种种，正是虚中有实，世俗世界的功利考量、利益交换，早就渗透入佛门，甚至成为组织宗教活动的原则。

而所谓实中有虚，是指方泉在世俗世界中"一扬其精神"，寻觅到或沉浸于超越性的精神体验之中。从寺庙里回家，方泉带回来一本楞严，"平时没事时，我总会偷偷拿出来翻一翻，还会念上几句"。在窘迫生活中艰于呼吸的时刻，也念几句楞严、心经，于是，"分明看到了一片宽阔平静的水面，水面上有着柔和无比的光"……

余英时曾细考"贾赦住的旧园和东府的会芳园都是现实世界上最肮脏的所在，而却为后来大观园这个最清净的理想世界提供了建造原料和基址"，这样的安排自非偶然，《红楼梦》中干净的理想世界是建筑在最肮脏的现实世界的基础之上，他让我们不要忘记，最干净的其实也是在肮脏的里面出来的"。与张忌的落笔相对照，这里就有好几层分殊的意思：曹雪芹深知两个世界无法脱离关系，但是"主观企求"上，早将"唯一有意义的世界"全然赋予大观园，张忌似乎不存此念，至少，他并不觉得佛门全是净土，他很犹豫，哪怕小说终章，冲突并未缓解，意义没有升华，就此而言，《出家》是一部"现代"小说。

曹雪芹在处理两个世界密不可分的关系时，有意采取确定方向的动态发展，"一方面全力创造了一个理想世界，在主观企求上，他是想要这个世界长驻人间。而另一方面，他又无情地写出了一个与此对比的现实世界。而现实世界的一切力量则不断地在摧残这个理想的世界，直到它完全毁灭为止"。由此，"当这种动态关系发展到它的尽头"，《红楼梦》的悲剧意识也发展到崇高而壮烈的顶点。张忌的写法不是这一路，他让方泉在虚实两境中穿行，左支右绌，但也且行且惜。虚实两个世界各有各的相貌、体系和规则，但这样的相貌、体系和规则又交相错综，张忌尤其关注虚实之间转换、交接的灰色地带，方泉的大部分生活就挣扎于此，张忌的不少笔墨也流连于此，于是我们才能透过"虚"看到"实"的控制，透过"实"看到"虚"的牵引。张忌写方泉的辛苦、栉风沐雨、与生活贴身肉搏，这肉搏过程甚而留下斑斑血迹，但这斑斑血迹或许就是方泉实在地抵达虚世界的必经之途，由此，"虚"不是空无一物的虚，而显出洞达虚世界的机缘与天意。

出入虚实之间的行程，以小说主人公"我"的出家路来赋形，且细数出家路如下。

第一次出家，是为了"一天能赚60元"，于是跟着阿宏叔上赤霞山上做个空班。剃发时一度"有些后悔"，事成之后就返家，去送奶站找到了一份职业，"这送奶工虽也不是什么好行当，毕竟算个正经工作。当和尚嘛，唉，我说不好"。

奶站的生意一落千丈,"有一搭没一搭地上着班",阿宏叔打来电话,邀去一场佛事帮忙,"这次有这个机会,你去待个一一个礼拜,赚个一千来块,也蛮好的"。这是第二次出家。

为了养家一路艰辛,在警察罚款、坏人敲诈之后,"我"顿感生活无望,于是又来到寺庙。这第三次出家,似乎不纯是为了捞外快,莫非"我"已站在世俗世界意义的尽头。可是,置身于僧群之中,又感到一阵恍惚,这心慌的感觉颇有几分熟悉,"就像我在街上骑三轮车时,总是害怕那些交警会突然从某处冲出来,将我的钱和车全部给夺走"。意义的匮乏和焦虑感竟然如影随形,"我这是在做什么?为什么我要站在这里受这样的罪?我为什么来这里,不就因为我不喜欢外面的压力,想在寺庙里寻求片刻的安宁吗?每天,我都承受着各种压力,每天都赔着笑,小心翼翼,如履薄冰。我厌恶,厌恶透了。如果我能承受这样的生活,我为什么要到这里来做空班，我去外面做别的事不也一样吗？"

妻子秀珍手术过后，家庭经济状况愈加拮据。"我"只能又打电话给阿宏叔，出门做佛事补贴家用。此期间还认识了山前庵的慧明师傅，她甚至将庵堂留给了"我"，终于可以自己当家，法号广净。为帮助慧明"赚些路费钱"，"我"开始参与张罗佛事，直到独立举办佛事。

出家路上，处处堆砌着功利而世俗的动机。但"我"似乎又是一个与佛有缘之人。第一次出家，尽管是扮作假和尚，但在阿宏叔念起的楞严声中，"我也听得入神。我觉得这声音似乎曾经在哪里听过，细腻绵长，这样熟悉，又这样陌生。一瞬间，我的心头百感交集，甚至连眼眶都有些湿润"。而未过多久，"我"就能从头到尾一字不漏地将楞严背诵下来，而据说，"在佛家咒语里面，楞严是最长的一段咒，也被称作咒中之王"。至于"引磬、木鱼、铙钹、手鼓，几乎一上手就能学会"，阿宏叔眼光如炬，早就指明"我是能吃这碗饭的"。渐渐地，向往之心愈重，比如，"从回到家的那一刻开始，我便开始想念山前寺，我想念寺庙里的檀香味"。甚至"刷墙的时候，也开始念楞严咒，念心经。……当那些经文从我口中念出时，墙上的那些腻子似乎也流动了起来，它们不再是涂料，而是作画用的朱砂、石青、藤黄。而我也不是在一个套间的墙上刷油漆，而是躲在一个藏经洞里，画达摩面壁、画鱼篮观音"……直到最后，面对妻子的劝说、家庭的压力，"我"依然不屈不挠地选择皈依，这到底是为了还愿（"如果我能生个儿子，我就会将自己皈依了佛祖"），抑或在法雨佛光的滋润普照之下，终于诚心向佛。这个问题，真也说不清了。

《出家》写的就是主人公的漫漫出家路，这一路，几番曲折，多有反复。张忌似乎特别要写出这一路走来的吃重、缓慢、枝蔓，敷衍出一个又一个回合。这篇小文的标题，出自当代作家蒋一谈的截句，我想借取的意思，在标题中未引出的后半句：

尘世落在身上

慢慢变成了僧袍

我喜欢《论语·八佾》中"绘事后素"四个字，各种版本的注疏看过一些，似乎也无定解。断章取义地猜测，其中多少有遍采五色之后始归于朴素的意思吧。"尘世"是去领受红尘滚滚中的五彩缤纷，而"僧袍"是"绘事"后归于的"素"，是从"绚烂和复杂中"为自己争来的一份"静"（这里关于"静"的理解，引自张定浩《既见君子》；也想起胡兰成说："桃花难画，因要画得它静。"）。除开"尘世"与"僧袍"外，这句话中还有"慢慢"，我偏爱的就是这两个字，就好像小说主人公在出家路上踉踉跄跄，然而穿林打叶中却自也缓步徐行。并不是说"尘世"最终是为了修成一件"僧袍"，"僧袍"就规约着"尘世"的既定走向，这里面不当有、也没法有那么强烈、急切的设计意味，俗语说，"活着活着"就成了。再者，"尘世"与"僧袍"也不是断作两截。生活有其内在的整体性，如周作人说："有些人把生活也分作片段，仅想选取其中的几节，将不中意的梢头弃去。这种办法可以称之曰抽刀断水，挥剑斩云。生活中大抵包含饮食，恋爱，生育，工作，老死这几样事情，但是联结在一起，不是可以随便选取一二的。"[8]"尘世"的烂漫与苦哀中自有"僧袍"，生活的意义就在它各种可能的纹路中展开和呈现。

《出家》的好，是舍不得弃去这些可能的纹路，舍不得将它们派作意义最终升华后便耗尽的材料。

张忌写方泉在虚实两界的蹇步与修行，这一笔

8　周作人：《上下身》,《雨天的书》第 74 页，河北教育出版社 2002 年 1 月。

笔铺开，已有成长或涉世小说的意味。主人公如同一面镜子，映照人间万象和时代消息，同时也见出自身的心性和品格（"不贪心""敬畏神明"），以及个人历程的延展。

关于小说中的"涉世"主题，伊萨克·塞奎拉（Isaac Sequeira）是这样定义的："涉世是一种存在的危机或者生命中一系列的遭遇，差不多经常是令人痛苦的，伴随着处于青春期的主人公获取关于他自身、关于罪恶的本性或者关于世界的有价值的知识的经历。"[9] 故而，在一般的成长小说中，都会嵌入一个"顿悟"的瞬间、对于成长具有决定性意义的一刻，如同突发的精神现象，借此主人公对自己或事物的本质有了深刻理解，"获取关于他自身、关于罪恶的本性或者关于世界的有价值的知识"。

9　转引自郑树森：《"涉世"的意识形态——论侯孝贤的五部电影》，吴小俪、唐梦译，《世界电影》1998 年第 4 期。

这个"决定性意义"的时刻，在《笑傲江湖》中是风清扬向令狐冲传授"以无招破有招"，张文江老师评断如下："随着令狐冲的剑术跳出华山派的拘束，并跳出天下各门各派的拘束，渐窥上乘武学的门径，他的思想也开始升华……随着他的跳出，当时武林极为错综复杂的种种关系的真相，不可抗拒地向他显露出来。这是思想有所升华者必然际遇的现象。"[10] 风清扬的传剑和岳不群"正人君子"面目的被揭穿，一正一反，助成令狐冲武学和思想境界的升华。这个"被揭穿"的时刻，在《出家》中，就是方泉对阿宏叔的窥破：曾经，方泉看见阿宏叔端坐高台，"身穿金光闪闪的袈裟，头戴五山帽，他低垂着双目，手上结一个密印，手中诵着真言，……那一刻，我有些恍惚，我甚至疑心自己见到的不是

10　张文江、陆灏、裘小龙：《金庸武侠小说三人谈》，《渔人之路和问津者之路》第 214、215 页，复旦大学出版社 2006 年 7 月。

阿宏叔，而是一尊真佛"。但在小说后半部分，方泉渐渐窥破了阿宏叔如何将寺庙佛事变作赚钱行业的种种，由此对虚实两界不生分别心，借前引张文江老师的话，生活中"错综复杂的种种关系的真相，不可抗拒地向他显露出来"。

◇ "影薄" ◇

五年之后，张忌推出另一部长篇《南货店》。十九岁的秋林到南货店上班，第一个月月底盘存，少了价值两百元的一匹布。店长马师傅的处置方案是"暂时不上账，大家心里清爽，有亏损，手下就紧一点，多用点气力，争取月底时能把这个账平了"。店里"三个老商业各显神通"，平账手法灵活多端：卖白砂糖多包上一层粗纸（"粗纸用多用少，不会上账，多包上一层，就多增了一分白砂糖的进项"）；饼干盖子松一些，饼干受潮而增重；打酒时舀入未散的泡沫，泡沫掩在老酒上减些斤两；丈量布匹时，手上加把劲将布拉得紧些，一匹布也能省下尺寸；去海边、山里收些鱼干、笋茹，"自己寻门道弄来的货不用上账"……账目清爽本是南货店顶顶重要的原则，出现亏空后，马师傅没有声张、追责、告发，在那个年代这往往意味着"抓去批斗、坐牢监"，而是遣用权变的手脚来平账。毋庸讳言，这些手脚上不得台面，对顾客当讲诚信，但是在特殊情况下必须有经有权地斟酌、取舍。大德不逾闲，小德可出入，而天地之大德曰生，用马师傅质朴的大白话来注解就是"过日子"："一家老小，就靠一个人工资，喂得饱几张嘴巴？不想些办法，家里日子怎么过？"

《南货店》看似由消失一匹布的悬念来开场，其实张忌开门见山。小说中各色人物登场，每人的心志、旨求各不同，就好比风从四面八方吹来，万状而无形；然而风行草偃，作家希望从草迹、麦浪、波纹里看出大致齐整的风的姿态，那就是由马师傅体现的、流贯于民间大地、务实低调而又灵活多变的实践智慧，这是《南货店》的根基。当然，务实并不是虚无，灵活也不意味着不讲原则。马师傅在退休前留给秋林一番话："我们这一辈人各种运动都经历过，其中厉害，都有体会。要是嘴巴不牢靠，将别人的事说出去，那跟杀了人有什么区别？"实践智慧的原则意在给各方的互动留出余地，大家能够都活好。这种智慧认可世界具体而坚实的存在，从不自居为统治者，人只是因应世界的变化而耐心地作出必要回应，所谓智慧、甚至道德，都是这一见招拆招过程中的产物，也必融入于人的基本生存需求中。《南货店》写了不少男女之情，最让我难忘的倒是大明、米粒、水作店老倌三人共同生活，这看似古怪不伦一幕提醒读者，倘若从民间实践智慧的角度出发，那么将男女之情作绝对道德化可能恰恰是不义，超越其上的更高的"义"服从于集体性的生存正义。

故而，《南货店》中的道德，总要从抽象教义中被拿回来，置放到具体生活世界中滤过。道德、智慧和原则这样的词可能还是隔膜了一些，用马师傅的话讲就是"规矩"。"平日里，你不能拿着笤帚往外扫，要是旧时代这么扫，师傅一定会拿板子打你手心，这样扫，财气都被你扫出门了。当然，新时代不讲这些封建迷信，但顾客进来了，你朝外扫地，也不礼貌，难道你要将他扫地出门吗？这都是规矩。"规矩就体现在日常生活的迎来送往中，也体现在形形色色的手艺中。南货店的小伙计要有基本功，比如粗草纸装白砂糖，包出三角包、斧头包，卖相必得有棱有角，且"转折处有一粒糖漏出，就算不合格"。这背后是经年累月的打磨、修习。父亲给予马师傅的教诲就是"学本事"与"磨性子"，"就要这样一日日地磨，将性子磨得圆滑了，才好做个生意人"。引申一下，大概就是胡兰成说的"一器亦有人世之思"[11]；也就是沈从文说的：小木匠作手艺，"除劳动外还有个更多方面的相互依存关系"[12]。

手艺是切身的，天天上手，是一个人与世界最基本的打交道方式；同时，也借此方式得到自身应对命运的、不息流转的力量。秋林在南货店里打磨好性子，仿佛学习时代在为将来的事业做准备。小说尤为精彩的在后半部分。改革开放启动，市场经济与道德自律终于劈面相逢。传统与新潮博弈纠缠、方生方死的局面中，最足见出世风升降与人性明暗。有的人是鲁迅笔下"笨牛"，钻营、献媚半点不会，依然保持着不随外界变通的主张，甚至最终碰死在这主张之下，如小说中羞愧投井的

11　胡兰成：《中国的礼乐风景》第87页，中国长安出版社2013年2月。

12　沈从文：《关于西南漆器及其他》，《沈从文全集》（27）第22页，北岳文艺出版社2002年12月。

章耘耕。有的人则如陈寅恪揭举的"杂采新旧两种不同标准中之有利于己者行之"[13] 而挺立潮头永不倒，如罐头厂厂长童小军。秋林的风格与以上两者都不同，他于此际平步青云，从南货店小伙计到店长，到黄埠区供销社文书，到县社秘书股股长，再到土特产公司经理，尤其在经理这一肥差任上，各色各样的利益交换环伺，其中也不乏刀光剑影。也由此，秋林信奉的理想原则从抽象名词的状态中解脱出来，落实到具体的生活现场。虎落平阳的老上司许主任到访，秋林一方面笑脸相迎，掏出两包硬壳中华"塞到许主任包里"；另一方面则坚持原则，当得知许主任太太在生意过程中偷奸要滑，立即吩咐员工下次"当场拆看"。这一段最可见出秋林外圆内方、准情酌理的性子。

13　卞僧慧纂：《陈寅恪先生年谱长编初稿》第 140 页，中华书局 2010 年 4 月。

然而主人公陆秋林实在不是一个性格鲜明的人物。父亲在"文革"期间屈死狱中，这般伤痕烙印在心，秋林却与伤痕文学中的人物并无共性，除去偶尔自伤身世时掉几滴眼泪，秋林没有偏激和感伤。改开初启那段野蛮生长的年代里，如秋林这般事业有成的人里，也不乏飞扬跋扈的奇才、能人。但秋林好像从来没有过强求，似乎只是被风势推着走而已。这种不软不硬的性格，让我想起小南一郎先生研讨唐传奇时引据的一个日语词汇——"影薄"："中国近世长篇小说里的男主人公，几乎都给人留下一幅'影薄'的印象"，性格寡淡，"他们的行动促使故事得以大幅度发展的场面并不多"。小南一郎至少从两个方面来探究个中缘由：一是作品内部机能。这样的主人公起到所谓"虚中心"职责，并不"活跃于作品的正面"，但就好像唐三藏周围有性格各异的弟子，宋江周围有千人千面的好汉，恰使故事充分展开。二是作品传达的"人们对于自己和社会的意识"。对比一下，古代长篇叙事诗中常常有个性强烈、性格鲜明的主人公登场。"两者最大的不同在于，寄托于英雄的古代人的社会认识是将自己作为坐标中心，在这一中心周围，配置着距离远近不同的其他人；而近世的人们的社会认识，则失去了把自己置于事物中心的信念……人们的主流认识是，并非那些拥有强烈个性的人物主导着社会，而是自己以及和自己具有同样分量的其他人方才是大多数的存在，是后者构建起了这个社会。"[14]——这种社会意识，内在地契合着张忌的认识，秋林并不是孤零零被拣选出来在舞台上唱独角戏，张忌通过秋林这个"虚中心"不厌其烦地、前后左右反复照应着写地方与人。地方不过是"邮票般大小"，长袖善舞的雄强之人你方唱罢我登场，

14　小南一郎：《唐代传奇小说论》第 99 至 102 页，童玲译，北京大学出版社 2015 年 10 月。

但也往往雨打风吹去，级别最高如老戴（北京来的部委干部），犹不免经商失败的下场；张忌更在意的，当是芸芸众生如秋林，看别人大开大合，同时冷静而温和地活在这个世界上。

三角包的棱角、茶杯里的橙皮丝、店门框上的深浅凹槽、铜角蹭得如金子般的紫檀算盘……张忌对物（哪怕是细小的物）有着周密观照，不免想起张忌的另一身份——收藏家，他每常在瓷器、石雕、刺绣、老旧门窗、坛坛罐罐间流连忘返。阿伦特说收藏是"儿童的热情"："对于儿童，物品还远不是商品，还没据其用途来估价……只要收藏活动专注于一类物品（不仅是艺术品，艺术品反正已脱离日常日用世界，因为它们不能'用'于什么），将其只作为物本身来赎救，不再是达到目的的手段而有了内在的价值……收藏家'梦萦一个悠远或消逝的世界，同时幻入一个更美好的世界。在这个世界中，人们不再像日常世界中那样各取所需，物品也从需求使用的劳役中被解放出来'。收藏赎回物品的价值，补助人之价值的赎救。"[15] 把物从市场中分离出来，不再只是使用价值、交换价值而禀有了"内在的价值"；将人从分类秩序（例如地域、职业、身份、社会地位等）中解放出来，恢复其自由、完整与尊严。就这样，张忌笔下的秋林和芸芸众生们有血有肉地登场。

◇ 窗玻璃上的雅努斯 ◇

张忌两部长篇写的都是人的成长，但是又不同于规整的成长小说。2016 年，在《出家》的结尾，"我看见了我，孤独地坐在东门庵堂那个冰冷的石

15 汉娜·阿伦特：《瓦尔特·本雅明：1892—1940》,《启迪：本雅明文选》第 60、61 页，汉娜·阿伦特编，张旭东、王斑译，三联书店 2008 年 9 月。

门槛上，相互眺望"，纠结，无解，希望在明明灭灭中……四年过去，到了《南货店》的结尾，秋林同样求不得正解，中宵独坐，"看着窗玻璃上照出的自己面孔出神"……这两个长篇的结尾不乏共性：门和窗都是交界性的意象，门的内外、窗的正反，仿佛雅努斯的两面：虚与实，过去与未来，看得清与看不清……《南货店》写了一群生意人和市场经济的启动，但是张忌的文学追求恰与上述过程悖向，那是如收藏家般对物与人的赎救，"梦萦一个悠远或消逝的世界"。这种两面性暗合着雅努斯神的象征意味。而上面拉杂写下的观感，全然集中在看得清的一面；实则我更感兴趣的是看不清的那一面。上述结尾中两个照见自我的时刻，并无看透人生的分明。很多人觉得张忌的笔调像汪曾祺，汪曾祺许是张忌心仪甚或取径的对象吧，不过在云淡风轻的外貌下，我总看到张忌小说中内省、自我分裂的现代主义浓烈内核。张忌的文学世界如同晶体，内部构造似简实繁，这是我说不清楚的地方。《南货店》最后一章，秋林给齐师傅写一份悼词，搁笔的时候颇为兴奋，看着看着就不确定起来，"一个人的一生就是这样了吗"？那些无法被写入规整悼词的是些什么信息？同样，清晰可辨之外的余味、模糊而晦暗的地带，或许是张忌小说中更值得我们去珍视的存在。这里没有"天路历程"般的终点，远非千流入海、万佛朝宗的畅快与皈依，即便一掌合十，垂目敛眉间也有解不尽的愁绪。方泉眼界的上出，并不是将价值凝定于某个固定所在，而是意识到世界和人永远复杂多变，无法界限，不可化约，但这并非将存在的意义一笔勾销或遁入虚无之地，相反，窥破阿宏叔这般以自欺欺人的方式贩卖、规约存在的真实、自由与完整的人物或符号，恰恰印证了对存在的真实、自由与完整的虔敬。我们也无须到这部小说的结尾去苦求卒章显志，实则如一体化入万端，存在的意义，或许就在对细微生活片段的敏感与珍视中。这样的细微片段，潜伏在《出家》行文中，我提请读者不妨注意小说中反复出现的、方泉倚立在桂花树下的场景，他在树下看天亮了、暗了，云厚了、薄了，在这一个个瞬间，随缘临机地领受、体验生命的意义——

　　我站在树下，我听见檐牙上的挂钟叮叮咚咚地响，随后，我便觉着一阵风过来了，吹得身边的桂花树一阵窸窸窣窣的响动。我依在桂花树上，叼着树枝，眯着眼看山下像火柴盒一样大小的房子以及远处蓝色的海，觉得满心的自在……

2016 年 4 月 30 日初稿

2020 年 2 月 20 日改定

内在辩难与「青春底诗」：郑小驴论

"写作终究是件漫长的事情，就好比马拉松赛跑，'80后'这一代里，是曾有过一批人跑得很快，但是我想文学并不是百米冲刺，拼的是耐力和能否熬得住一万米过程中的寂寞。我想我还在路上，并将永远在路上，而文学，本就是一眼望不到尽头的事。"[1] 郑小驴的这段创作谈有很多层意思。在今天中国的写作现场（包括阅读与出版现场），分野已是不言自明的事实，"跑得很快"的那批人早已暴得大名，而一天码上万字的作者们也有丰厚的市场利润回报，然而小驴的焦虑不源于此，他目光坚定，脚步不游移，心有所钟，信之弥坚。此外，我和小驴

1　郑小驴：《一眼望不到尽头》（创作谈），载《西湖》2009年第3期。

是同代人，因为感知结构、知识趣味、文化修养的近似而容易引发艺术审美的共鸣……不过，我还是想从小驴的话里再引申出一层意思：当我在追踪阅读小驴的创作、进而展开评论时，我同样面对着"一眼望不到尽头"的局限性视野。"同时代"的立场，决定了我虽然作为一个评论者，但并不能占据后来者的优势，因了然文学史的脉络与文学人物的结局而自命"客观"、信心十足地襃扬贡献、指点欠缺。在下文的讨论中，尽管文学史视野是我重要的倚借，但这只是为了标明小驴出场的独特性，预测其去向的丰富，"计划更好的途程"；也期待这种未来的丰富性能够摇曳多姿，甚或惊喜于"预测的落空"。

"计划更好的途程"这个说法来自陈世骧先生，最能见出我心目中，"同时代"状态下，文学批评与创作的理想关联："他真是同感的走入作者的境界以内，深爱着作者的主题和用意，如共同追求一个理想的伴侣，为他计划如何是更好的途程，如何更丰足完美的达到目的……"[2] 不管是创作还是批评，其实都是对生活发言，以不同的方式回应着时代境遇。说到底，探讨同代人的创作，既是追踪文学可能出现的"新变"因素，也是理解我们这代人的生命经验。我把本文的写作，理解为新的起点，和小驴等同代人一起招呼着上路，寂寞时高歌一曲解乏，同时也彼此负责而严肃地检点、提醒曾经走过的弯路与脚下的坎坷，不断试错、不断总结经验，共同"计划更好的途程"……

◇　　创伤记忆　　◇

小驴以《1921 年的童谣》[3] 为代表的早期创

2　陈世骧：《〈夏济安选集〉序》，收录于《陈世骧文存》，第 194、195 页，辽宁教育出版社 1998 年版。

3　本文论及的小说，收录在郑小驴如下两本集子中：《1921 年的童谣》，中国社会出版社 2009 年版；《痒》，河南文艺出版社 2013 年版。

作，从题材来看，抗战、解放、土改、反右、"文革"……几乎构成一幅庞大的现代史画卷。这是一位"80后"作家的学习阶段，其小说也许还未成熟；然而特殊之处在于，小驴固执地将记忆置回到现代中国历史的创伤情境中。这种态度，一方面体现出勇气，尤其对于历史深渊中斑斑血痕的凝视，内化为创作主体的一种"历史意识"和"精神质素"，类乎"苦难记忆"："作为历史意识，苦难记忆拒绝认可历史中的成功者和现存者的胜利必然是有意义的，拒绝认可自然的历史法则"；"作为主体的精神质素，苦难记忆不容将历史中的苦难置入一个与主体无关的客观秩序之中，拒绝认可所谓历史的必然进程能赋予历史中的苦难以某种客观意义，拒绝认可所谓历史发展之二律背反具有正当性。苦难记忆要求每一个体的存在把历史的苦难主体意识化，不把过去的苦难视为与自己的个体存在无关的历史"[4]。然而另一方面，一次次被梦魇所攫住而无法摆脱，显然说明理解之无力。这是非常典型的创伤经验的"病态症状"。问题是，小驴为什么如此痴迷于先于个体经历、在自身经验范围之外的历史创伤？不妨对照一下，在当下的青年写作中，存在较多的书写模式是"现代自传"，"认为自己的过去仅仅是从自己出生时才开始的。他们相信，他们有力量完全按照他们'自己'和他们同代人的决定来安排自己的生存。现代自传的主体把自己的过去仅仅局限于自己在世上生存的时间"，希尔斯在《论传统》中指出这完全是一种谬误。小驴的写作无疑站在上述态度的反面，他深知"我自己的生活史总是被纳入我从中获得自我认同的那个集体的历史之中的，我是带着过去出生

4　刘小枫：《苦难记忆》，《这一代人的怕和爱》第34页，华夏出版社 2002 年 1 月。

的”⁵，这是一种纠偏“现代自传”的写作，即便不是事件亲历者，但自觉为历史遗产继承者，无法绕开那段历史，故而在历史生活的整体回路中，沿途追溯造就自我的多种根源。

在这系列中《鬼子》是较为特别的一篇。写日本鬼子屠杀中国百姓，但却又"节外生枝"地多出一个视角：

那天我看到一个年轻的鬼子正在聚精会神地看一张照片。他看到我走来，神色慌张地望了我一眼。他说，有火么？我赶紧掏出洋火，替他将嘴上的纸烟点上。他又拿起照片，我看到这是一张合影，可能是他们家的全家合影，一

5　马克·弗里曼：《传统与对自我和文化的回忆》，《社会记忆：历史、回忆、传承》第 11 至 14 页。

家四口，他旁边站着的可能是他姐姐或者妹妹。他指着照片让我看。我看到穿着和服的日本人正在朝我微笑，面目和善。……他冷冷地说道：他们上星期，全部被原子弹炸死啦！

但是，远去的鬼子里面，有一个年纪与我相仿的年轻鬼子又转身返回来了。他跑到我身前我才发觉，吓了我一大跳。他没有理我，径直走到我娘面前，哈地弯腰向我娘鞠了一个躬。我以为又要拔刀子了，可是，他没有。他的眼里堆满忧伤，几乎是要哭了。

……我摇摇头，一句话也听不懂。他显得很失望，掏出一张照片来，指着上面一个年迈的女人让我看。我心里很害怕，不敢细看，更不敢笑。鬼子指着我娘让我和照片上的女人比较，嘴里哇哇叫。我心里更是慌。照片上的女人穿着和服，一脸慈祥，年纪与我娘相仿。

以上两段描绘肯定会让一些人看了不舒服，非议可能来自这样的声音：用滥情的人性论掩盖了民族界限，或者说，还轮不到我们去替侵略者反思战争的罪恶。其实，早在丁玲《我在霞村的时候》就曾借贞贞的视角，观察到"那些鬼子兵都藏得有几封写得漂亮的信。有的是他们的婆姨的，有的是相好的，也有不认识的姑娘们写信给他们，还夹上一张照片，写上好些肉麻的话，也不知道她们是不是真心，总哄得那些鬼子当宝贝似的揣在怀里"。在非虚构作品中也有类似记录，一份抗战时期的回忆录曾观察日本兵"有时闲谈，自怀中取出其妻照片，给人阅看，称道其家庭乐事"[6]。——以上这些细节，在一般流行作品中都是被删除的。创伤记忆是一种典型的感情记忆，创伤所唤起的记忆，往往携带着明确的情感预期。以美的方式表现美，以丑的方式表现丑，以英雄的方式表现英雄，以恶魔的方式表现恶魔，"这是当下中国记忆书写惯常套用的模式。在此模式的影响下，记忆主体的情感投射也对记忆客体的选择产生了巨大的反作用——哪些必须被牢记，哪些则不得不被掩藏；哪些可以直接表达，哪些则要经过变形和加工——其实，在国人的期待视野里，总的记忆形态已经被潜在地规定了"。这一"潜在规定"最明显地体现于当下影视媒介中的抗战题材，大多展现日本侵略者的野蛮行径和抗日志士手撕鬼子的快意，实则在"政策安全"的掩护下将创伤记忆蜕变为文化

6　张怿伯：《镇江沦陷记》，1938 年初版，转引自卜正民：《秩序的沦陷》第 31 页，潘敏译，商务印书馆 2015 年 10 月。

市场上的商品，以娱乐至上的方式完成"激进民族主义的想象性复仇"[7]。在此情况下，文学理应与流行作品拉开距离，承担起严肃反思战争与人性本质的功能。

历史记忆应当允许存在多种声音，抑或需要在排除纠结后确保某种超历史的唯一尺度（比如大屠杀记忆）？人类是否能够不动感情地记下他们的历史经验，如果确认感情记忆的无可避免甚至重要性，那么那些牵动民族认同的感情记忆，在经历仪式化和图腾化之后，会否将历史简化为政治或意识形态的工具？记忆的权力与正当性实在纠缠难解[8]，具体到国人的抗战记忆，我想不妨听取孙歌的建议："当中国的知识人不再仅仅把受害者的愤怒理解为感情

7，赵静蓉：《文化记忆与身份认同》第110、114页，三联书店2015年11月。

8　参见张汝伦：《记忆的权力和正当性》，《读书》2001年第2期。

记忆的唯一内容时，包括这种愤怒在内的感情记忆才会成为我们的思想资源，而我们才会真正进入自己的历史——那将不再仅仅是属于中国人的历史，它将属于我们与其他民族所共有的世界史。"[9]

那么，记忆突破了预先框定的情感范围、容纳了"受害者的愤怒"之外的内容，其合法性在哪里？从文学的角度，凝视创伤与不删减文学的丰富性如同一架不时倾斜的天平，考验着作家的能力。昆德拉曾经批评奥威尔的《一九八四》"把一个现实无情地缩减为它的纯政治的方面"："我拒绝以它有益于反对专制之恶的斗争的宣传作为理由而原谅这样的缩减，因为这个恶，恰恰在于把生活缩减为政治，把政治缩减为宣传。"[10] 同样，以反对不义之战

9　孙歌：《实话如何实说》，《主体弥散的空间》第 40 页，江西教育出版社 2002 年 10 月。

10　米兰·昆德拉：《被背叛的遗嘱》第 207 页，孟湄译，上海人民出版社 1995 年 12 月。

的名义，是否也会缩减生活与人性的丰富性、缩减作家的思辨与感受力。如同布罗茨基认为，巨大的悲剧经验、"叙述一个大规模灭绝的故事"，往往会限制作家的能力与风格，"悲剧基本上把作家的想象力局限于悲剧本身，……削弱了，事实上应该说取消了作家的能力，使他难以达到对于一部持久的艺术作品来说不可或缺的美学超脱。事件的重力反而取消了在风格上奋发图强的欲望"[11]。以此来衡量，年轻的小驴正尝试同"事件的重力"搏斗。从伦理的角度，战争记忆应当以社会正义为问题意识，向普通受害者倾斜。而为了履行这样的记忆伦理，我们必须反复追究暴力、肉体折磨与精神恐惧背后的根源，了解罪恶"并不意味着纵容它们。但是，我们要想知道是什么原因使它们产生、使它们

11　布罗茨基：《空中灾难》，《小于一》第 235 页，黄灿然译，浙江文艺出版社 2014 年 9 月。

扩张，并且想找出救治的办法，就非了解它们不可"[12]，"如果我们不能理解敌人，我们就不能有效地谴责他；除非我们理解自己，包括自己的弱处和罪过，否则我们就不能理解他"[13]。而文学恰好描绘的是具体的人，一个对于流动的状况有着瞬间反应能力的个体。上引小驴作品中的两段，给出的就是这样的瞬间。小驴设置的这一"看照片"的情节，滋生出移情、共感与自省：从鬼子这一方面来说，是"我"（曾经）也是人，有家庭老小、七情六欲；从小说叙事人"我"这一方面来说，则蕴含着"我"也可能变成鬼子吗的自问，这一自剖其心的伟大传

---

12 埃里希·弗洛姆：《人类的破坏性剖析》第 14 页，李穆等译，世界图书出版公司 2014 年。

13 艾略特：《致〈新英语周刊〉》，转引自陆建德：《烈焰的火舌——略说欧美二战文学》，《击中痛处》第 90 页，上海书店 2013 年 1 月。普里莫·莱维曾认为我们无法、也"不可以"去理解希特勒、艾希曼和大屠杀，"因为理解几乎等同于为之正名"，布鲁玛批评这种意见"其实是在淡化责任问题"。参见伊恩·布鲁玛：《罪孽的报应：德国和日本的战争记忆》第 245、246 页，倪韬译，广西师范大学出版社 2015 年 9 月。

统，上承《狂人日记》，"我未必无意之中，不吃了我妹子的几片肉"……也就是说，只有还原到一个具体的人、甚至是具有主体性的人，我们才能真正认识到人性的复杂构成：鬼子并不是天生的魔鬼，那些"年纪与我相仿""上唇才刚刚冒出淡黄色的胡须""眼里堆满忧伤"的年轻人是在特殊的制度与境况中被催生的；反过来，正因为普通人都有可能在特殊的机缘下变成魔鬼，所以恶魔性未必只存在于"他们"身上；而正如果戈理的遗嘱所申明的：解剖"自己心中的黑暗"，可能正是反思"天下的黑暗"的最坚固、可靠的基石[14]。小驴的这个作品以冒犯阅读成见的形式挣脱了人物形象的脸谱化，尽管限于篇幅原因，"看照片"的双方原该更深一步地掘进，但它启发我们文学所提供的反思方式，如何通

14　参见何怀宏：《道德·上帝与人：陀思妥耶夫斯基的问题》第97页，新华出版社1999年8月。

238

向战争、暴力、灾难的根底处：如何警惕每个人心中（而不是只有"鬼子"心中）都可能潜存的恶魔性，文明如何发展才能为人性寻觅到健康舒展的空间。由此形成的反思契机，才有助于我们通向孙歌所谓"我们与其他民族所共有的世界史"。

很多人会把新世纪的今天看作一个没有来历、横空出世的新天地，全球化的大门恍如阿里巴巴的咒语，一下子就向我们指明了黄金世界的前景。小驴不会这么想，他沉浸于陈旧往事，其中不乏晦暗的梦魇，他肯定明白自我的诞生无法割断与历史的血肉联系。从另一方面来说，小驴也试图借助历史题材来寄托个人的记忆与情怀，从而淡化理想与现实直接而尖锐的冲突，但这并不是保守，而是一个自我准备的阶段，那个在历史中诞生的自我，携带着其整理好的个人记忆、人道理想与批判能量，即将重回现实空间，而时代大潮的罅隙中的无奈与激愤，即将在小驴笔下排闼而来。

◇ 鬼魅叙事 ◇

说实话，小驴作品中真正打动我的，并不是抵达起跑线之前、那些历史题材的创作，在此"学习时代"，小驴摸索传统，搜集来路上散落的历史碎片，终于为自己准备好了一个崭新的起点。

鬼节、鬼故事、和亡灵一起生活的老人、狗泪涂于人眼而能看见鬼的传说……小驴笔下的这些元素，自然可以联系到楚文化与沈从文文学传统的浸润，这是一个有趣的话题，暂且按下不展开；我尤其感兴趣的是《大罪》《少儿不宜》《弥天》等篇中的鬼影幢幢。《大罪》中并没有鬼魂直接现身，但读者肯定会为故事中阴暗惨淡的背景所惊心。只有在一片迷离惝恍、阴阳莫辨的氛围中，我们才能揣测一个可能因分裂／分身所引发的悲剧；也只有在身份功能错乱、幻想与现实交织错综之下，在日常理性监视的状态下不得发泄的怨气才会寻获突破口刹那间喷薄冲出，就像《少儿不宜》中游离"心中突然涌出"想将典型包工头打扮的胖子"一把推下桥的冲动"，这种冲动终于通过《大罪》中的小马而一朝实现……

怪力乱神其实都映射着人间实况，我们也不妨勘察一下小驴鬼魅叙事[15]的源头究竟连接着怎样一个世道。农村辛苦供养出来的大学生反倒不如"农民打个死工挣得多"（《少儿不宜》）；年轻情侣辛苦攒钱买房，未曾想所在地区被纳入高新区开发蓝图，"一夜之间，原来的首付还不够塞牙缝了"（《大罪》）；开发温泉之后，本地人却无力消费（《少儿不宜》）……无怪乎绝食中的祖父在亡故前留下"这

---

15 关于当下华语写作中鬼魅叙事的蔚为大观，参见王德威：《魂兮归来》，收录于《现代中国小说十讲》，复旦大学出版社 2003 年版。

个世界就要变了，只是你们不知道"的谶言（《弥天》），无怪乎年轻人一边喝酒一边骂娘"我们80后没法活了"（《大罪》），无怪乎游离心想"这真他妈什么世道"（《少儿不宜》）。小驴的这些作品聚焦的正是这样一批与发展时代相疏离的青年群体，在日益膨胀的社会消费面前，他们被鼓荡起强烈的做"人"欲望，却由于社会地位的渺小与无助，被摒弃在既得利益集团之外，也无力与坚固的社会结构正面抗衡，于是积怨与冲动，发为鬼魅幽魂，就像《大罪》结尾时，"从走廊里贯穿过来的风一阵比一阵的阴冷"，烟雾萦绕中，"依稀看见一个熟悉的人影从走廊尽头走来"，这是"人影"抑或小马化作孤鬼现身？读者这才想起小说第一节里小马曾"用力地拍了拍陈乘的肩膀，笑了笑说，早点修成正果吧，可别像我孤魂野鬼一个，死了没人晓得！"，竟是预埋的伏笔一语成谶。

正义与公理残缺，天地秩序摇摇欲坠，挣扎

在社会边缘的人们艰于呼吸视听，于是种种逾越情理的力量四下蔓延，"太平之世，人鬼相分；今日之世，人鬼相杂"（冯梦龙：《喻世明言·杨思温燕山逢故人》）……小驴似乎带着读者重回鲁迅笔下的阴森世界[16]：吃人盛宴（《狂人日记》）；死后冷笑的尸体（《孤独者》）；"月亮已向西高峰这方面隐去，远想离城三十五里的西高峰正在眼前，朝笏一般黑魆魆的挺立着，周围便放出浩大闪烁的白光"（《白光》）；"门幕一掀"女吊出场："大红衫子，黑色长背心，长发蓬松，颈挂两条纸锭，垂头，垂手，……石灰一样白的圆脸，漆黑的浓眉，乌黑的眼眶，猩红的嘴唇。"（《女吊》）愁云惨雾、死亡的蛊惑、复仇的主题、对世相的讽喻……小驴笔下的鬼魅叙事确实可以与鲁迅的文学世界相沟通。比如

16　鲁迅自是中国现代启蒙之父，但却无法抗拒、甚至一再书写鬼魅的世界，夏济安与李欧梵早就指出过鲁迅作品中的"黑暗面"。

《少儿不宜》中的那条蛇，"蛇的肌肤冰冷异常，他感到皮肤像是要开裂了，血液溢出，全身痉挛，以至于打了一个冷战。但是很快就适应了过来，那蛇不紧不慢地缠在他的手臂上，身上的花纹烂漫无比。游离试着用鼻尖碰了碰蛇身，凉凉的"，主人公游离与蛇显然具备某种神秘的呼应。我们当记得鲁迅的《墓碣文》："……有一游魂，化为长蛇，口有毒牙。不以啮人，自啮其身，终以殒颠。"早有学者将"游魂"解作鲁迅"第二自我"的化身。这其中的对应与转化也启发我们去理解《少儿不宜》，结尾处蛇被打死，游离"飞向陌生的南方城市"，似乎是过往终结而开始新生，但我们切莫忘了游离临走前的一番作为，"火光冒起几丈高，南岳庙顿时成了人间炼狱"，难道这里没有鲁迅笔下《长明灯》中那位疯子——"只闪烁着狂热的眼光""仿佛想要寻火种"，因为"我放火！"——的影子吗？由此再来看游离为自己设想的"云游四方，不娶妻，不生子，不建房，什么也没有，什么也不用去想，就这么晃荡来，晃荡去"的姿态，这究竟是"狂人"治愈，还是游魂重临？

鬼魅叙事的贡献还在于，往往召唤出潜藏在历史大叙述之下的记忆暗流，恍如幽灵一般，呈现"不可见物的隐秘的和难以把握的可见性"[17]。比如说小驴的代表作《没伞的孩子跑得快》，在小说有限的篇幅里，我们通过下面这些片段——小叔叔是村里唯一考去北京的大学生，但那年五月开始，给家里写的信越来越少；爸爸着急准备"去北京找他去"，却无功而返，因为"只要说去北京的，人家票都不卖了"；最终"小叔叔的骨灰用一只精致的小盒子装着"被送回来……大致拼凑出主题：叔叔这样的青年知识分子振臂一呼的依托是什么？为什

17　德里达：《马克思的幽灵》，何一译，第 12 页，中国人民大学出版社 1999 年版。

么他们的举动无法得到家人和乡人的理解？后者甚至拒绝暴死的青年埋入祖坟。小说碰触的是当代中国的话语禁忌，小驴之所以不想让这一历史事件因为被赋予禁忌色彩而成为一代人的"意义黑洞"，可能是觉得"80后"尽管并不是直接当事者，但是这一事件的历史记忆和情感态度所遗留的症结其实很难彻底消除。我们这一代人对于自我主体的想象、甚或今天依然身陷其中的价值困境，未必不和当初相关，尽管当年只是不涉世的旁观者。当下青年人创作中一再出现单薄、狭隘、没有回旋空间的个人形象，与当年知识分子广场意识与启蒙精神膨胀到极点的溃败后，再无法凝聚起批判能量，未必没有关联。当然这一切都是通过懵懂的儿童视角而影影绰绰泄露出来的，叙事者"我"对叔叔的世界充满好奇与向往，但还不具备反思与实践能力（离家赴京途中还差点被骗子拐走）。通过《没伞的孩子跑得快》，我终于看到青年作家直视历史暗角、梳理重大历史事件在自己身上的烙印。但这还不是我偏爱这部作品的主要原因，因为题材的选择并不能决定文学成败。1989年春夏之交，我正好跟随父母在北京旅游，完全懵懂，根本嗅不出什么特殊的气息，当时对于那个事件的所有印象，只是来自回家后看电视，以及父母的交谈（有同事的子女出事，母亲再三感慨）。没有历史感是可惜的，但我发现有的作品在表现时，往往将日后充分的"后见之明"（一个对历史的发展脉络"胸有成竹"的后来者）代入当时的形象，这就不能真切地表现人对历史的参与。我感觉《没伞的孩子跑得快》有种"最初的发现"在里面，或者说，那个孩子的视角在成长现场的实感保持得非常好，也许这和我自己对事件的感知正好吻合。我喜欢这个作品的原因就在这里，当小驴在探视记忆暗流之时，既体现了历史感，又把握了艺术的分寸感。

我把小驴的写作理解为鬼魅叙事，还有第三层意思。在今天，全球化与发展的单面指标已经构成了一个巨无霸式的板块结构，迅速把社会推向超稳定的表象繁荣，同时有力地掩盖住内部所包容的各种混乱与矛盾冲突，很多年前，E.B. 怀特曾感慨道："某个划时代的转折点已经到来了：人们本可以从他们的窗户看见真实的东西，但是人们却偏偏愿意在荧光屏上去看它的影像。"[18] 这个"划时代的转折点"显然就是指"现代"的到来；而"荧光屏上"的"影像"恰类似于社会的表面繁荣与无数信息泡沫构造成的铁幕，让我们无法想象铁幕下还有人困于"蛛网"般——《大罪》中反复出现蛛网的意象，让人想起穆旦的诗句："生活蛛丝相交，/我就镌结在那个网上，/左右绊住"（《有别》）——的真实痛苦。久处这样的境遇，人很容易变得麻

18　转引自威廉·巴雷特：《非理性的人》，杨照明、艾平译，第 265 页，商务印书馆 2004 年版。

木，其实《少儿不宜》已经勾勒过这幅景象——贵州妹无辜被害，但死亡与苦难无法引起任何人情伦理（"死者家里大概之前也知道她从事那方面的事，并没有人们预想的那样面子上难堪，他们平静而冷淡地处理完丧事，将死者安葬在靠南岳庙的河边便回去了。"）、社会秩序（警方将这桩刑事案"最后草草结案了事"）的反应与波动。今天这个时代，写作的高下就看其与上述"荧光屏"、铁幕构成何种关系。或者是被彻底压服，无法感知他人甚至切身的痛楚，进而虚造出不受市场资本、社会结构与意识形态制约的"自由状态"（这种状态很容易得到各方面的宽容与支持），甚至是"坐稳了奴隶"的洋洋自得。当然还有另一种写作，饱含着难以排遣的孤独感、自身精神上的失败感，与"荧光屏"、铁幕以及主流的全球化板块分离开来，就像"游离"这个名字所暗示的那种格格不入与疏离抑郁，完全成为精神旷野上的"孤魂野鬼"。在中国传统民间社会，"人"死后进入阴间的"鬼"，一般分为两类[19]：一类得到子孙祭祀，同时作为对其供养的回报，保佑阳间子孙的生活平安，其实已具备与"神"相近的品格；另一类则因为没有后嗣——如生前为未婚姑娘或被夫家休弃的女子——而不能获得祭祀，在阴间得不到安定的生活，徘徊游荡于阴阳两界的边缘，冤死者甚或肆虐复仇。后者即"孤魂野鬼"，他们被种种血缘的、宗法的、父制的共同体所排斥。引入本文论题，我所理解的鬼魅叙事，不仅是指内容上的怪力乱神，还需要具备小驴创作所暗示的那种精神气质——将东游西荡不驯服的姿态、"我要的，全没了，我不想要的，全来了"的愤懑呐喊（《少儿不宜》），以及放把火烧光这人间炼狱的发泄，曲曲折折地转化成艺术审美，终而发为

19　参见丸尾常喜：《"人"与"鬼"的纠葛——鲁迅小说论析》，秦弓译，第 8、9、219、220 页，人民文学出版社 2006 年版。

"真的恶声"。

在多重困境与
内在辩难中发言

　　在今天这样的时代，"真的恶声"的发表，面临着多重困境与内在辩难。当我阅读小驴的随笔集《你知道的太多了》[20]时（这部随笔集关乎小驴文学主张的核心，故而同其小说作品放在一起讨论），首先好奇的是这个人的发言姿态。我很看重"文学者"在今天的发言姿态，重视的程度甚至超过对发言内容的审视。文学者的发言面临多重困难，也因为自身无法解决这多重困难，近些年来我刻意躲避

20　郑小驴：《你知道的太多了》，作家出版社 2015 年版。本节中关于此书的引文在括号内注明篇名。

一些需要发言的场合。

由于网络与传播技术的发达，商业市场的推波助澜，经由博客、微博、微信等便捷的信息获取与分享工具，我们每天都在接受海量的信息，在一段时间内，如果刻意不刷微博、不看朋友圈，很可能朋友聚会的时候你只能一人向隅。但信息的无限繁殖和增长有可能恰恰导致某种贬值和匮乏，在信息膨胀的时代里，我们应该保持"必要的无知"。然而，铺天盖地的信息碎片中，也许有那么一两块正折射着时代问题的核心。这是第一重困难：如何与喧嚣的时代保持必要距离，但同时又不轻易放过这个时代的"真问题"。

文学主张移情、感同身受，提供给人一种看待现实社会与生活的复杂的视野，诚如特里林所言："文学是这样一种人性活动，它对于多样性、或然性、复杂性和困难性有着最完满和最精确的表述。"我经常会想象各人文社会学科在一起开会的场景（如果有这种可能），经济学家、政治学家、法学家等都可能会器宇轩昂地对社会现状提出一系列规划，他们坚信按照这样的规划，社会可以发展得更加美好。我想在这样的场合里，文学者肯定是一个沉默寡言的人，一个没有办法侃侃而谈的人。因为热爱文学，获得了一种复杂性的视野，知道在自己的想象、立场之外，肯定还存在着另外一种可能性。尤其在"改革进入深水区"的今天，各种社会矛盾在积聚，各个阶层之间的差异、断裂在加剧。通过文学，感同身受每个人生活的无奈，每个人选择的纠缠，每个选择背后寄托着的希望和隐痛……生活远不是你想象的那么简单。这样的"双手互搏"往往导致游移、自我怀疑，于是文学者没有办法理直气壮地表明自己的立场。还是引特里林的话，他这样形容心意中的"文化英雄"："对于一等智力的检验是看他有没有能力同时在头脑中持有两种相反的观念，而同时依然能够保持行动的能力。"[21] 这是至难的作为，如我辈身陷在"相反观念"的对撞中而无所决断，只能无限延宕甚而放弃言论背后的"行动能力"。这是第二重困难：避免堕落为犬儒或相对主义者；同时又不放弃复杂与多样，时刻警惕某种"立场化"。

鲁迅感叹："今之中国，其正一扰攘世哉！"但在"扰攘"声中却"难见真的人"。小驴显然敏感于此："口号、标语以及嘹亮的歌声不绝于耳，……一夜之间就销声匿迹了，仿佛没有存在过一样。"（《关于记忆力的问题》）如果言论不出自独立而艰难的思辨，不需要付诸真诚而无伪的担当，自然"一夜之间就销声匿迹"，"面对每天发生的各种令人吃惊和愤慨的事情，表露出一时半刻的情绪，然后又重新回到搓麻将、看《天天向上》、逛街购

21　特里林：《自由的想象》，转引自宋明炜：《批评家特里林》第162、164 页，上海书店出版社 2012 年版。

物、吃饭睡觉等日常生活中去了"(《围观能改变什么》)——日常生活的"闭合性"多么恐怖而顽强。今天的情形甚至是，那些"扰攘"的言论已经成为运行上述"闭合机制"的内在程序，每当发生"令人吃惊和愤慨的事情"，我们就在安全距离之外围观，通过网络、微信、微博或批判或抒情，或点赞或点蜡烛，然后获得某种已然参与或付出的幻象，带着这种幻象，重新返回原先的生活。就如一位朋友的疑惑——在言论中充满批判性，而在生活中却是完全的犬儒。悖反的两极竟可以形成惊人的自洽。甚至就是以这种批判性来构筑言论的厚壳，借此隔绝不义和苦难，然后兴致勃勃地与生活媾和。这是第三重困难。

对于以上困境，小驴显然感同身受。随笔集中经常流露出对发言的节制与审慎："我自觉地保持着沉默的本性，并且暗自松了口气，终于不必轮到我来说话了。"(《关于记忆力的问题》)然而，小驴终于勇敢地跨过默与言之间的沟壑："我感到自身的无能为力，愤慨，悲哀，颓废，摇头叹气，但这既不能拯救自我，也不能给读者指明方向。可就像韩国青年作家千明官所说的，即便不能给读者救赎之路，只要能明白自己的不幸并非不合理，自己并不孤独，从而更加理解自己的不幸，这也是有意义的。"(《我知道的太少了》)——从这个契机起步，小驴开始谈时事，谈阅读与写作，谈乡村的历史与现实，谈个人记忆深处的痛……读这些文字的时候(我个人较为欣赏集中的第一、五辑)，我想，前面所谓困境云云或许杞人忧天，身当秩序轰塌的年代，鲁迅以"心以为然"的"确信"来估量"终极究竟的事"(《我们现在怎样做父亲》)，这个"心以为然"无非就是健全的常识，这可以作为今日发言的起点。比如，集子中至少有两篇谈到父辈的忏悔与沉默，小驴显然不满于缄口不言所导致的自我宽宥与历史淡忘，他追问："沉默就能抵消掉良心的羞愧与不安吗？曾经令人胆战心惊的红卫兵们，随着年龄的增长，很多已经成为社会精英，……不可否认，在改革开放的三十多年间，这代人在推动着社会的进步，是当仁不让的中坚力量。……然而他们的沉默，对年轻时代所犯下的错误的自我宽恕，以及先富后暴露出的炫富纵欲等负面形象，在下代人心中并没有树立起父亲的榜样。"(《坏人都老了吗》) 如果将小驴严肃的"审父"，与近期前辈作家对青年人懦弱、暮气沉沉的指责结合起来，我想会有更多启发，我们需要在微观的个人经验和宏观的历史环境、社会结构之间进行穿梭的"社会学的想象力"。当然，"审父"并不意味着提供自我逃避的借口；更多的时候，是诚恳的"自剖其心"："吐槽，调侃，发牢骚，自黑，狂欢，这些行为很轻易地将自己置身于历史与现实话题之外，成为虚无主义者，逃避了作为公民所必须承担的社会责任感和担当意识。"(《犬儒时代》)

回应本节开头，我把小驴的随笔理解为文学者在多重困境中的发言。其实，这种困境未必不能转化为"玉汝于成"的途径，这个时代对于写作者而言"别无选择"。"萨特的许多哲学观点都形成于二战纳粹占领法国期间。在国家被占领的情况下，抵抗运动是由像萨特这样的个体组成的，他们每天都得做出决定，而这些决定会直接影响到数十个生命，包括他自己的生命。然而，每个决定都必须孤独地做出。……'绝对独立下的绝对责任'，这就是萨特对自由的定义。"[22] 今天的时代不是萨特所置身的极限情境，不会频繁遭遇那些峻急的时刻，但是设若你每天面对这些纷扰的事件与话题，设若你不是把它们派作茶余饭后的谈资，而是希望转化为某种自我教育的资源，就必得经历一番番诚恳而内

22　转引自丹穆若什：《什么是世界文学》，查明建、宋明炜等译，第213页，北京大学出版社2014年版。

在的辩难，同样"每天都得做出决定"。"中国最新的三十年里，80后作为参与者与见证者，目睹着这个国家一系列的变故。……未来80后这代人里的新文学，很大部分必将在对过去这二三十年的反思中产生。"（《路在何方》）我很认同小驴的话，未来中国的新文学，必将在这一个个严峻的、内在辩难的瞬间诞生。

焦虑感，
及"青春文学"的再生

据沈兼士考订[23]，人死为鬼，虽为一般的传统解释，并延及今日，但"鬼"之原始意义，"疑乃古

---

23 沈兼士：《"鬼"字原始意义之试探》，载《国学季刊》五卷三号，1935年。此据《沈兼士学术论文集》，第186至202页，中华书局1986年版。

代一种类人之动物","自其性质之黠巧引申之,则为诡,为谲"。不管是初起的"类人之动物",或后发的鬼神妖怪、人死后的灵魂,"鬼"都保留着奇谲、敏慧、"常人"所不具的才能。鲁迅对神秘阴森世界的抵拒与迷恋,在"五四"新文化一片清明而理性的光照下,特别显出意味深长。"天未明时有幢幢的鬼影,阴森的细语和其他飘忽的幻象。这些东西在不耐烦地等待黎明时极易被忽视。鲁迅即是此时此刻的史家,他以清晰的眼光和精深的感触来描写……" [24] 正是因为在光明与黑暗间徘徊无依的姿态,以及常人不具的"清晰的眼光"(许是得自鬼眼的"第二视力"吧),鲁迅才能洞察生活和文学的秘密:"一个活人,当然是总想活下去的,就是真正老牌的奴隶,也还在打熬着要活下去。然而自己

24　夏济安:《鲁迅作品的黑暗面》,收录于《夏济安选集》,第28页,辽宁教育出版社2001年版。

明知道是奴隶，打熬着，并且不平着，挣扎着，一面'意图'挣脱以至实行挣脱的，即使暂时失败，还是套上了镣铐罢，他却不过是单单的奴隶。如果从奴隶生活中寻出'美'来，赞叹，抚摩，陶醉，那可简直是万劫不复的奴才了，他使自己和别人永远安住于这生活。就因为奴群中有这一点差别，所以使社会有平安和不安的差别，而在文学上，就分明的显现了麻醉的和战斗的的不同。" [25] 当别人急于粉饰黎明后的黄金世界，或"安住于这生活"之时，鲁迅却从中隔绝出来，"彷徨于无地"……

在今天的青年作家笔下，见惯了"平安"的文学，殊少"不安"的文学。我喜欢小驴的小说，最大的原因正在于，从他的文字里，我扑面感受到一种无时或已、万难将息的焦虑感。为了说明"焦虑

25　鲁迅：《漫与》，《鲁迅全集》，第 4 卷，第 604 页，人民文学出版社 2005 年版。

感"的独特性，我想有必要做一些文学史的回溯，关注文学中的青年人形象以及青年文学生成、转变的轨迹。这是一个大题目，暂且从 20 世纪 90 年代说起。

随着整个社会文化空间的日益开放，文化的"共名"状态[26]逐渐涣散，为那种更偏重个人性、多元化的"无名"状态所取代，在创作上则体现为个人叙事立场的转型，此时，"'十七年'、'文革'成长小说赖以建立文本的理念底蕴——个体成长的意义象征国家的成长、与国家的命运须臾不可分割、个体是民族国家意识形态的人质……这样的文本立意基本上崩解了。个体成长的最重要的关系空间不再是国家，而是具有初步自律功能的社会。这样，个体获得了他所能期求的最低限度的理想成长状

26　关于共名与无名的理论阐释，及由此角度对 20 世纪中国文学史的考察，参见陈思和：《共名与无名》，收录于《陈思和自选集》，第 139 至 152 页，广西师范大学出版社 1997 年版。

态——'自然状态'"[27]。同时我们也应该注意到，20世纪80年代末的政治风波使人们看到了青年运动的代价和边界，年轻人由此从社会得到了摆脱"神圣使命"约束的某种默许和认可，放下了角色扮演的包袱。总之，多元文化格局的形成、个人叙事立场的支持，以及青年从"救世主"的幻想中获得解放，这一切，都促使青年文学逐渐告别宏大叙事转而开拓个人心理空间和主体经验。在这方面，以朱文、韩东为代表的一批被称为"新生代"的青年作家和卫慧、棉棉等"70后"作家作出了贡献。

及至新世纪，情形又发生转变。按照王晓明先生的分析，今天的中国人"同时受制于三个社会系统"："第一个是国家机器主导的政治系统，它以'维稳'为宗旨，竭力加固那种'除了适应现实，我

27　樊国宾：《主体的生成：50年成长小说研究》，第221页，中国戏剧出版社2003年版。

们别无选择’的普遍意识。第二个是中国特色的市场经济系统，它通过各种具体的成文和不成文法，持续训练人接受这样的自我定位，‘现代人，就是如下两面的结合：合乎市场需求的劳动力，和具有不可控制的消费冲动的消费者’。第三个日常生活系统，它安排人以‘居家’为中心，组织自己的大部分人生内容，从儿童时代接受学校教育开始，一直到老。这个系统持续地发展一种具有极宽的包含力的‘居家文化’，对人潜移默化，要将他造得除了‘居家’的舒适——当然，这里的‘家’并不仅限于小家庭和公寓范围——别的什么都不在意。”[28] 在这三个系统组成的支配性文化和意识形态笼罩下，青年人往往具备根深蒂固的实用理性，对自己选择的价值观秉持类乎“历史终结”般的坚信，戒绝任

28　王晓明、王侃：《三足怪物、叛徒、谜底及其他》，载《当代作家评论》2012 年第 1 期。

何越轨的冲动……于是，20 世纪 90 年代文学中自居于主流和世俗社会边缘、苦苦寻求自我精神拯救的青年人（如朱文笔下的小丁们）、以赤裸裸的笔墨挑战"所谓致富阶级（成功人士）温情脉脉的伦理规范"[29] 的叛逃者（如棉棉、卫慧笔下的女孩子），全都消失了。其实这两类形象的消失有迹可循，有论者极富创见地提出了"终止焦虑"这一考察视角：焦虑是通过与现实处境持续的紧张对峙来艰难摸索一种自我确立的主体力量，"焦虑感是作家主体通过文字与世界发生关联时承受的障碍所致，是心灵的想象与现实境况相互磨蚀的结果，在有些情况下正是人不放弃追求主体力量的证明"。差异正在于，朱文"同样表现'无所作为'的虚无感，但深刻地描绘了写作者的内心焦虑，毫不放松地突出着

29　陈思和:《现代都市社会的"欲望"文本——以卫慧和棉棉的创作为例》，收录于《谈虎谈兔》，第 224 页，广西师范大学出版社 2001年版。

对主体力量的渴望";而到了卫慧、棉棉等"70后"作家笔下,"主体在对现实的反应中自主性明显弱化,认同感逐渐增强,两者的关系处于相互整合之中,而不是主体自觉疏离出来,形成独立的个体存在"[30]。到了新世纪,明显反映出这一"整合"过程完成、连摩擦痕迹都不复存在的,是青春文学中的两类青年形象。

一类是郭敬明式的小说中"拒绝成长"的"孩子",其最显著的特征即"主人公的静止不变":"对个体的忧伤、创痛的反复咀嚼不仅成为文本推进的主要线索,更被普遍化为某种本质的、从来如此的青春体验,这一操作的痕迹最为鲜明地体现在郭敬明对'孩子'这一概念的反复言说之中。在郭敬明笔下,'孩子'不仅是一个年龄阶段,更是一

30　宋明炜:《终止焦虑与长大成人——关于70年代出生作家的笔记》,载《上海文学》1999年9月。

个可以脱离各种社会关系而存在的绝对纯洁的领域，……'孩子'这一范畴成功抹去了个体的创伤与其社会根源之间的关联，从而建构了一个完全封闭的主体。对于这样一个主体而言，由于无法在具体的社会结构、生活经验，及其背后的权力关系中辨析创伤的来源。因此，他只能将其视为本质的、普遍的青春忧伤而加以领受，甚至将其审美化，并反复观看、咀嚼。同时，正是这种将自身独立于社会的意识形态构型，询唤出了大量自我封闭的、拒绝成长的主体，取消了任何对抗性实践的可能性，从而不断再生产着既存体制下的权力关系。"[31] 无须让生命悸动的痛感来提醒自己，也无须在黑暗的长旅中左冲右突，铺天盖地的广告、传媒早已告诉了那个"孩子"成人世界的秘密与真相。郭敬明笔下这个"只想待在自己世界里的孩子"，以持守纯真

31　康凌：《林道静在 21 世纪》，载《文学报》2012 年 2 月 9 日。

的自恋姿态来暗享"豁免权"[32]；同时又在早已熟稔成人社会游戏规则的前提下，将成长过程"压缩"，一出场就"定型"。从表面上看，这个"孩子"的形象刻意呈现出一种"中性"（去意识形态化、去精英化）化的生活姿态，这种姿态很容易俘获大批读者，但很明显恰恰受制于消费主义的意识形态，衣食住行背后是对市场社会主流价值全面认同。郭敬明笔下的年轻主人公、他提供给年轻读者的范本大抵就是成功人士的后备军，而成功人士恰恰是当年朱文、棉棉们曾试图挑战的对象。这是时代精神现象的表征：一个"诸神归位"的时代，举目所见都是价值观稳固、静态而不再成长的"孩子"，而绝少村上春树所谓"可变的存在"，"价值观和生活方式尚未牢固确立"，"精神在无边的荒野中摸索自

32　当"抄袭"事件闹到法庭并被炒得沸沸扬扬的时候，记者问及郭敬明是否在意，郭的解释是："我不想参与到成人世界的争斗中，我只想待在自己的世界里。"

由、困惑和犹豫"[33]……

今天文学中的另一类青年形象，是平抑了欲望，甚至消解了绝望后，外表淡漠、心如死水的人。有位年轻的研究者作过这样一番观察："欲望，在我们以往的文学作品里多是人物行动最根本的动力，且从未有这样一些对它丧失兴味的正常人，而且是青年人。张悦然《一千零一个夜晚》正是写出了由禁欲时代之后诞生的一代青年人，他们因过分容易的欲望满足，而逐渐丧失欲望兴趣。……在一个表面更加自由、富裕的世界里，这些物质条件优渥的青年人已经到了他们生命旅程的悬崖边……"[34] 之所以外表淡漠、心如死水，对什么事

33　村上春树：《海边的卡夫卡》"中文版序言"，收录于《海边的卡夫卡》，林少华译，上海译文出版社 2010 年版。

34　李一语，出自金理、李一：《新世纪青春小说：期待"逆袭"品格的重生》，这是《新世纪小说大系（2001—2010）·"青春卷"》的序言，上海文艺出版社 2014 年版。

情都提不起劲，除了"物质条件优渥"之外，其实有着更深刻的根源。在今天这个"表面更加自由、富裕的世界里"，让年轻人糟心的事情几乎每天都在发生，"方圆几公里都找不到一个励志故事"[35]，如果"睁了眼看"，无奈、无力甚至绝望感可能每天都会侵扰你。问题是，我们大多已经找到了游离、化解的渠道，王小妮在《上课记》中的一番记录，告诉我们达观而犬儒的青年人是如何炼成的："我渐渐发现在他们的内心和现实之间留有一个空间，一个缓冲带，他们早适应了在自我和现实间随意游离，那是一条由生物本能和现实环境共同塑造出来的切换通道。他们学会了在多种不同的立场观念角度间凭着惯性自如转换，不留痕迹，毫无尴尬、勉强和被迫，他们也由此得到保护，避免内心

35　韩寒：《青春》，收录于《青春》，第 14 页，湖南人民出版社 2011
年版。

的痛苦纠结。……他们游移藏身在这个弹性无限的空隙里，灵活转身，呈现自己的多面性，从而获得安全感，使他们的犬儒境界自然而然地享受快乐而达观的宽度。上一代人与现实之间形成的某些如芒如刺的感受，几乎被他们化解干净了。"[36]

以上两类当下文学中常见的青年人形象，都已经克服、告别焦虑感，将"与现实之间形成的某些如芒如刺的感受""化解干净"，也许这正意味着一种带有先锋性质的青年文学的离去。我们正处于绝望后的一片死寂中……

然而恰恰是在这样的死寂中，有必要重访鲁迅的"铁屋子"：曾经一度清醒、天真的个人，当面对"万难破毁"的困境，是否只有一种选择——重新安排自己进入原先的世界，从"昏睡入死灭"；抑或辩证对待必然性与能动性，"有没有可能，通

36　王小妮：《上课记》，第136页，中国华侨出版社2011年版。

过有目的性的活动，来逃脱那囚禁我们的社会历史结构"[37]？中国现代文学的"诞生之作"《狂人日记》讲述的就是一个能动的青年主体[38]尝试打破"铁屋子"的故事。在"从来如此，便对么"的质问中，现代青年的反抗者形象（狂人、觉慧、蒋纯祖……）在文学史上登场；《狂人日记》是一部典型的拥有成长主题的青春文学。而青春文学自来就具备先锋[39]、"冲决罗网"的气质。

我最近翻一本在年轻读者群中比较有市场的主题书，那一期的主题是"文艺青年"，编者认为"文

37　安德鲁·琼斯：《鲁迅及其晚清进化模式的历险小说》，王敦、李之华译，载《现代中文学刊》2012 年第 2 期。

38　狂人并无固定的职业，也谈不上成熟的思想体系，年龄约在三十多岁，根据小说开篇"今天晚上，很好的月光。我不见他，已是三十多年……"可以大致推定。

39　对"五四"新文化运动先锋性质的论述，参见陈思和：《试论五四新文学运动的先锋性》，收录于《海藻集》，广西师范大学出版社 2007 年版。

艺青年"有两个特征：一是封闭性，"精神世界是完全封闭的"，对现实生活很淡漠；二是自足性，"对现状总能苦中作乐"，善于自我安慰，说服自己"慈眉善目地打量这个世界"。这是今天语境中对"文艺青年"的理解，这位编辑显然不理解我们现代文学史上的"文学青年"是怎样一拨人：他们不安分，与周围环境构成紧张的对峙，喜欢跟坚硬的墙撞一撞，总在尝试表达超越性的诉求，以积极主动的姿态来为自我争取更多选择的可能，也愿意为此付出冒险的代价，投身未知的领域。这位编辑想必也没有读过路翎——

从强烈的快感突然堕进痛灼的悲凉，从兴奋堕到沮丧，又从沮丧回到兴奋，年轻的生命好像浪潮。这一切激荡没有什么显著的理由，只是他们需要如此；他们在心里作着对这个世界的最初的，最灼痛的思索，永远觉得前面有一个声音在呼唤。

他每天都迷失，他似乎是在渴望，并追求迷失，他每次都冲了出来。黑暗的波涛淹没了一切，他只在最后的一点上猛烈地撑拒着。……[40]

这是蒋纯祖，路翎笔下的"文学青年"。在世界——那个"泥海似的广袤和铁蒺藜似的错综"的世界——面前，永远跃动着强旺而新鲜的感受力；"火辣辣的心灵在历史运命这个无情的审判者前面搏斗"；永不停息地抗辩客观世界中既成、稳固的绝对原则；并将上述感受、抗辩落实为美学创新，这种创新可能免不了粗糙、芜杂，但它镌刻着年轻

————————

40 路翎：《财主底儿女们》，第 478、479、1002 页，人民文学出版社 1985 年版。

人对自我和世界的探索，这一探索是诚恳的、运动着的，"艺术上的搏斗都燃烧在青春底熊熊的热情火焰里面"[41]。——在这个意义上，《财主底儿女们》是一部"青春底诗"。

将郑小驴的创作接续到文学史的脉络中，是为了召唤一种青春文学在今天的重生；小驴从这个接力点开始跋涉，在无边的旷野上，他即将和蒋纯祖们相遇……

2013 年 5 月 8 日初稿

2017 年 11 月 8 日改定

41　胡风：《财主底儿女们·序》，收录于《财主底儿女们》，第 1、7 页，人民文学出版社 1985 年版。

跋

　　"风"在大地上代代传唱，若远若近、余音不绝。好的文学研究者当是这样一位"听风者"，以作家作品为媒介，而时代的黄钟大吕，人心的浅吟低唱，皆能声声入耳。当然这也只是我预设的理想。不必讳言的是，作家论是我个人极为钟爱的写作方式，仿佛与友人促膝长谈，但又并非刻意寻觅与经营，好比各种不期而至的风自行运送而来，周作人所谓"结缘""不必于冥冥中去找红绳缚脚"（《结缘豆》）。

　　书名副题当然袭自赵园先生的名作，我想以此向这位素来敬重的前辈致敬。无论早年《论小说世家》，抑或晚近明清士人研究，无不在通读基本材料的基础上，作从容不迫的论述。而文字间的洁癖、纸背后对历史与人心的洞察，则是我辈心向往之而力不能至的。

至于为什么是这六位？个人偏爱自不能免，编选过程中也一再刻意拣择。我希望这是一本既"拿得出手"又"素面朝天"（抛却工作量考评等功利目的）的小册子。

李伟长兄给予我得偿所愿的良机，隆情厚谊，感铭于心。

2021 年 4 月 16 日

图书在版编目（CIP）数据

风中结缘：论小说六家/ 金理著. -- 上海：上海文艺出版社,2023

ISBN 978-7-5321-8343-2

Ⅰ.①风… Ⅱ.①金… Ⅲ.①小说评论－中国－当代

Ⅳ.①I207.42

中国版本图书馆CIP数据核字(2022)第119048号

该书为2021年度上海文化发展基金会资助项目

发 行 人：毕　胜

策　　划：李伟长

责任编辑：崔　莉

封面设计：钟　颖

封面插画：施晓颉×公号：痴吃喵

书　　名：风中结缘：论小说六家

作　　者：金　理

出　　版：上海世纪出版集团　　上海文艺出版社

地　　址：上海市闵行区号景路159弄A座2楼 201101

发　　行：上海文艺出版社发行中心

　　　　　上海市闵行区号景路159弄A座2楼206室　201101　www.ewen.co

印　　刷：浙江中恒世纪印务有限公司

开　　本：787×1092 1/32

印　　张：8.875

插　　页：5

字　　数：106,000

印　　次：2023年1月第1版 2023年1月第1次印刷

I S B N：978-7-5321-8343-2/I.6585

定　　价：58.00元

告读者：如发现本书有质量问题请与印刷厂质量科联系　T:0571-88855633